T0303577

Amsterdam Solitaire

Editorial Bambú es un sello
de Editorial Casals, SA

© 2011, Fernando Lalana
© 2011, Editorial Casals, SA
Tel. 902 107 007
editorialbambu.com
bambulector.com

Diseño de la colección: Miquel Puig
Ilustración de cubierta: Francesc Punsola

Primera edición.
Quinta reimpresión: septiembre de 2021
ISBN: 978-84-8343-128-3
Depósito legal: M-755-2011
Printed in Spain
Impreso en Anzos, SL, Fuenlabrada (Madrid)

«Esta obra ha sido publicada con una subven-
ción del Ministerio de Educación, Cultura y Deporte, para su préstamo público en Bibliotecas
Públicas, de acuerdo con lo previsto en el artículo 37.2 de la Ley de Propiedad Intelectual».

El papel utilizado para la impresión de este libro procede de bosques gestionados de manera
sostenible.

AMSTERDAM SOLITAIRE

FERNANDO LALANA

bam bú

EDITORIAL

Prefacio

*N*o hay nada que uno no hiciera por la chica de sus sueños.

Y si esa chica se llama Loredana, aún no ha cumplido los veinte pero es ya la viva imagen de esas italianas desmesuradamente hermosas que el cine de su país nos ha regalado en tantas ocasiones, además de rebosar inteligencia y determinación y de estar forrada de pasta (de liras, me refiero, no de tortellini) cualquier atisbo de sensatez, cualquier intento de resistirse a la más descabellada de sus proposiciones, ha de estar de antemano condenado al fracaso.

Tuve ocasión de comprobarlo aquella primavera inolvidable.

La primavera en que Loredana y yo decidimos robar la Amsterdam Solitaire, la pluma estilográfica más cara, singular y maravillosa del mundo.

Primera parte:

El año en que mataron a Julio César

Uno: la traición

Mayo de 1997
Aeropuerto John F. Kennedy
(Nueva York)

El hombre impaciente

–Disculpen. Quiero recoger un envío que acaba de llegar a mi nombre desde Palermo, Italia. Europa.

Los dos empleados alzaron la vista y miraron desconfiadamente al hombre bajo y anodino, de traje gris y ojos de sapo, que acababa de entrar arrastrando por su cinta una maleta Samsonite Elypse de gran tamaño y color azul.

–Los envíos se llevan a domicilio, señor –dijo el más joven–. Mañana a primera hora lo tendrá en su poder. Esto es solo un centro de clasificación.

El hombre sonrió brevemente.

–De eso, nada. He consultado a la dirección de su empresa. Desde el momento en que la mercancía toca suelo norteamericano, el destinatario puede reclamarla presentándose en persona en cualquiera de las dependencias que sirvan de tránsito al envío.

Cruce de miradas entre los empleados.

—Pero ¿qué dice este hombre? —se preguntó el de más edad, en voz baja.

—Digo —el recién llegado carraspeó, endureciendo el tono— que demostrando mi identidad, ustedes no pueden negarse a entregarme ahora mismo un paquete a mi nombre que ya haya sido recibido en sus instalaciones. Vean, vean. Aquí lo pone, en este documento de su delegación central en Brooklyn.

El mayor de los dos empleados se echó hacia la nuca la gorra de visera decorada con el logotipo y las siglas de UPS.

—Si usted lo dice, amigo...

Veinte minutos después, tras hacerle firmar cuatro volantes de distintos colores, los dos empleados hicieron entrega al hombre de una caja de madera de las dimensiones y el peso de un pequeño ataúd. Y se lo quedaron mirando, sonrientes, intentando quizá adivinar cómo pensaba llevarse consigo el enorme bulto.

—Si no les importa, voy a desembalarlo aquí mismo. Seguramente dispondrán ustedes de una palanqueta que puedan prestarme. ¿No es así?

El mayor de los empleados se apresuró a buscar y entregarle la herramienta solicitada. No tanto por espíritu servicial como por calmar la curiosidad que le embargaba. Llegados a ese punto, necesitaba conocer el contenido del envío. No le habría sorprendido en absoluto que aquella caja contuviese un cadáver de pequeña estatura. El de un niño. O el de un enano, quizá. De ser así, tendría una anécdota para contar el resto de su vida.

Pero no hubo sorpresa macabra alguna. El interior de la gran caja de madera estaba ocupado sobre todo por material aislante destinado a proteger de los golpes, los cambios de temperatura y del exceso de humedad el resto del contenido, compuesto por cuarenta y cuatro pequeños bultos de tamaño algo menor que el de un libro de bolsillo; cada uno de ellos, a su vez, provisto de su propio embalaje de cartón rizado.

La Samsonite Elipse resultó estar vacía. Y ante la perpleja mirada de los empleados de UPS, el hombre gordo del traje gris la abrió sobre el suelo y después fue colocando en su interior, cuidadosamente, las cuarenta y cuatro pequeñas cajas. Veintidós en cada lado. Y, por cierto, pese a las formas redondeadas de la maleta, encajaron a la perfección, sin dejar huecos notables, como si la operación hubiese sido ensayada previamente. Terminado el trasvase de la mercancía, trabó el hombre las dos grandes solapas interiores y, después, cerró la maleta, colocándola de pie sobre sus cuatro ruedas. Acto seguido, encajó los cierres laterales y los aseguró, deslizando una pequeña pestaña. Por último, echó el cerrojo principal y alteró los cuatro números de la combinación con un enérgico gesto del pulgar.

Después de sonreír levemente a los dos hombres, que lo miraban atónitos, el tipo de ojos de sapo abandonó las dependencias de UPS en el John F. Kennedy arrastrando la maleta por su correa, como si se tratase de un enorme perro azul.

En ese momento, lloviznaba ligeramente sobre Nueva York.

Dieciocho, dieciocho

Tras depositar la maleta en una de las consignas automáticas de la terminal internacional, el hombre vestido de gris se dirigió a una de las numerosas cafeterías de la zona de tránsitos internacionales, ante cuyo mostrador un sujeto de tez morena y bigote negrísimo, vestido a la europea pero ciñendo sobre su cabeza el turbante blanco propio de ciertos países árabes, le esperaba con otra Samsonite en todo idéntica a la que él acababa de dejar a buen recaudo.

–¿Dónde está su maleta, señor Heat? –preguntó el árabe, entre sorprendido y furioso, sin mediar saludo, hablando en inglés con un marcado acento de su tierra. Tan marcado, que casi parecía postizo.

–Lo sabe usted perfectamente, señor Saúd –replicó el europeo, procurando imitar el tono ácido de su interlocutor en la frase anterior–. ¿Cree que no me he dado cuenta de que me ha hecho seguir desde que puse el pie en el aeropuerto?

El filo de la mirada que Saúd lanzó sobre Heat habría podido rivalizar con el de una buena navaja de afeitar. Pero no dijo nada.

–Aquí tiene la llave de la consigna –continuó el hombre gordo, depositándola cuidadosamente sobre el mostrador–. La combinación de la maleta es mil ochocientos dieciocho. Uno, ocho, uno, ocho.

El árabe hizo rechinar los dientes.

14 –Nuestro acuerdo fue que usted traería aquí su maleta y las intercambiaríamos.

–Lo sé –replicó Heat, calmosamente–. Pero quiero diez minutos de margen para contar el dinero. Es el tiempo que empleará usted en llegar hasta la consigna y recoger la mercancía. Si me ha engañado, tendré tiempo de alertar a la policía del aeropuerto, donde tengo un buen amigo que ya está prevenido ante esa posibilidad.

La amenaza era un farol, claro está, pero procuró que sonase convincente. Por otro lado, John Heat conocía bien el mundillo en el que se movía y tenía la certeza casi completa de que no estaba siendo víctima de un fraude y, por tanto, la maleta que su interlocutor tenía a sus pies, estaría llena de petrodólares.

El árabe apuró su vaso de whisky e inspiró largamente.

–De acuerdo, Heat. Lo haremos a su manera. Desconfianza por desconfianza.

Cogió en su mano izquierda la llave de la consigna automática y emprendió el camino hacia la salida, abandonando la Samsonite.

Retretes

Apenas el árabe desapareció de su vista, Heat arrastró la maleta hasta los servicios más cercanos a la cafetería. Se introdujo en el urinario destinado a personas con movilidad reducida, de cabina mucho más amplia que las del resto de los retretes, y echó el pestillo. Colocó la maleta sobre la tapa del inodoro, la abrió y levantó una de las solapas. Un espectacular panorama de billetes verdes agrupados en fajos encintados apareció ante su mirada de batracio. Sintió que se le aceleraba el pulso mientras un escalofrío de placer le recorría la espina dorsal de arriba abajo.

Heat tomó cuatro fajos al azar y los revisó. De cada fajo tomó tres billetes, realizó sobre ellos unos trazos con un rotulador especial, comprobando con satisfacción que la tinta no se hacía visible. Luego, los examinó bajo la luz violeta de una pequeña linterna que sacó del bolsillo de la chaqueta. No había duda de que eran auténticos. Punto por punto, repitió las mismas operaciones con varios billetes del otro lado de la maleta. Por último, contó los billetes de otros dos fajos, también elegidos al azar, y luego contó la totalidad de los fajos. Tras hacer un rápido cálculo mental, Heat sonrió. Estaba todo. Perfecto.

Salió de los servicios y, conteniendo los deseos de echar a correr, de cantar y de silbar, caminó deliberadamente despacio, tirando de la Samsonite, hacia el aparcamiento B del aeropuerto, donde había estacionado su Ford Taurus.

Una sospecha

De repente, cerca ya del auto, se detuvo, inquieto.

¿Qué pasaba? Debería sentirse plenamente satisfecho, pues todo había salido a pedir de boca y, sin embargo, no lo estaba. No podía librarse de un mal presentimiento. Como cuando uno tiene la sensación de que olvida algo importante en casa en el momento de salir de viaje. ¿Por qué? ¿Quizá le molestaba la conciencia por haber traicionado a su cliente europeo? No, imposible. Hacía tiempo, mucho tiempo, que John Heat se había convertido en un hombre carente de escrúpulos comerciales. Si el beneficio era suficientemente sustancioso, la ética pasaba a segundo plano. Y en aquella ocasión, sus ganancias eran capaces de borrar cualquier amago de culpabilidad. ¿Inquietud por las consecuencias? En absoluto. Se había preocupado por revestir de legalidad su traicionera actuación. Abonaría a su cliente el precio estipulado por la mercancía, a precio de importador, así que no debería tener problemas con la justicia. Eso, sin contar con que no son muchos los europeos que se deciden a meterse en pleitos en los Estados Unidos. ¿El dinero? Tampoco. Sobre la cantidad y autenticidad de los billetes en que le habían efectuado el pago no cabía duda razonable alguna. ¿Qué ocurría, entonces? ¿Qué había disparado su sexto sentido?

Justo cuando estaba a punto de oprimir el botón del ascensor del aparcamiento, cayó en la cuenta de qué era lo que no encajaba: aquel árabe estaba bebiendo whisky cuando se encontraron.

Por supuesto que un musulmán puede desoír como cualquier otra persona los mandatos de su religión. Pero hacer ostentación pública de ello ya resulta más extraño. Mucho más extraño.

En la mente de Heat se formó de inmediato la imagen de un gato metido en una jaula.

Una blanca rosa de los vientos

No pudo acceder a la zona de vuelos privados y tuvo que conformarse con observar la pista de despegue a través de la cristalera de la sala de espera más cercana.

Durante más de diez minutos escudriñó los movimientos de personal en torno a los pequeños *jets* y avionetas sin conseguir su propósito. Cuando ya estaba a punto de darse por vencido distinguió a lo lejos una curiosa comitiva compuesta por cuatro hombres vestidos de oscuro que arrastraban una Samsonite de color azul.

–¿Me los presta un momento, por favor? –dijo Heat, echando mano a los prismáticos que colgaban del cuello de un turista de rasgos orientales, situado a su lado.

Pese a las protestas de su estupefacto dueño, Heat pudo con ellos seguir a los cuatro hombres caminando entre esos extraños vehículos que pueblan las pistas de los aeropuertos, hasta verlos subir a un pequeño birreactor de color azul marino que puso sus motores en marcha de inmediato.

Mientras el avión culebreaba entre otros aparatos, Heat anotó su matrícula con intención de investigar más tarde la identidad de su propietario.

En el último instante, sin embargo, supo que no tendría que tomarse ninguna molestia en ese sentido. Porque cuando el aparato enfiló la pista de despegue situándose perpendicular a su posición, el hombre pudo apreciar sobre el timón de cola un emblema que le resultó perfectamente conocido: una rosa de los vientos de color blanco sobre fondo negro.

Heat sintió que se le secaba la boca instantáneamente.

–Maldita sea –murmuró entre dientes, más asustado que ofendido–. Me han engañado. Me han engañado...

Dos: el reto

Verano de 1997
Mar Mediterráneo

A bordo del *Enllá*

Todos los veranos, desde hacía muchos, cuatro hombres de negocios europeos encontraban diez días libres en sus ajetreadas vidas para embarcarse en el *Enllá*, un delicioso yate de dieciocho metros matriculado en Barcelona, más marinero que ostentoso.

La cita era siempre en Montecarlo que, aun sin serlo, aparentaba constituir un buen lugar de encuentro, aproximadamente equidistante de los orígenes de los cuatro amigos.

Ricard Satué, el presidente de Iberolex, solía ser el primero en llegar a la capital del pequeño principado, tras dos, a veces tres días de solitaria navegación desde Sitges, al timón de su barco. Era el único de los cuatro amigos que disponía de unas horas –esas cuarenta y ocho a setenta y dos horas– de auténtica soledad. Solo él y el *Enllá*. Y cada año disfrutaba más de aquel tiempo y de aquella circunstancia.

Tras atracar en el pantalán número doce, junto a algunos de los más impresionantes yates del mundo, Satué se dispuso a esperar la llegada de sus compañeros. En el plazo de muy pocas horas, de manera casi inexplicable para quien conociese la complejidad de los negocios que manejaban y de las apretadísimas agendas a que estaban sometidos, los otros miembros de aquel singular cuarteto irían haciendo su aparición. Todos ellos con un mínimo equipaje y desprovistos de sus inseparables teléfonos móviles.

Este año, el italiano se había retrasado. Cuando el joven presidente de la empresa Montesco, detuvo su Maserati Ghibli al pie de la escalerilla del *Enllá*, el francés, el alemán y el español hacía casi treinta y seis horas que le esperaban, impacientes y ligeramente inquietos ya por su tardanza.

—¡Bienvenido a bordo, Vincenzo! —le gritó el patrón del yate—. ¡Por fin! ¿Qué tal tus Loredanas?

—Perfectamente, gracias. Tanto la madre como la hija os envían recuerdos. A los tres.

Pese a la aparente afabilidad del saludo, el portazo con que se despidió de su vehículo y las maldiciones sicilianas que salieron de su boca durante los escasos minutos que duró el embarque, convencieron a sus tres compañeros de que Vincenzo Spadolini iniciaba aquellas vacaciones en el momento más oportuno. Sin duda, necesitaba más que nunca, y más que sus tres amigos, aquellos días de *dolce far niente*.

—¿Qué le pasa a ese? —preguntó Satué a sus compañeros, procurando no ser oído por el siciliano.

—Ya imagino qué puede ser —respondió Günter Odermann—. Pero prefiero que sea él quien nos lo cuente... si lo desea.

500 años juntos

La responsabilidad de diseñar la singladura recaía cada verano, sucesivamente, en uno de los cuatro navegantes, que tenía plena libertad para llevar a sus tres compañeros a donde prefiriese, con la única condición de no abandonar el Mediterráneo y recalar en, al menos, un puerto no visitado con anterioridad por el *Enllá*.

Este año era el turno del empresario catalán, quien había elegido Melilla como destino. «La más africana de las ciudades europeas», como él mismo se había encargado de publicitar ante los otros.

Y hacia allí, hacia la antigua Rusadir de los fenicios, que celebraba su primer medio siglo como plaza española, se dirigían desde hacía ya dos días sin que Spadolini, ostensiblemente indignado todavía, se hubiese decidido a compartir con sus compañeros de travesía las razones de su crispado estado de ánimo.

Por fin, la tercera noche de navegación, con Melilla ya casi al alcance de la mano, cuando el *Enllá* surcaba las aguas aproximadamente allí donde solo la oscuridad impedía divisar hacia estribor la isla de Alborán, el italiano accedió a hablar por vez primera del asunto.

Operación Julio César

—¿En qué mundo vivís? ¿Acaso no estáis enterados?

«Por fin», pensó Satué terminando de dar cartas para jugar la primera mano de la imprescindible partida de póquer que todas las noches ponía fin a la jornada. Dispuesto a no perderse ni una palabra, el catalán aceleró el reparto de los naipes, al tiempo que Nicolás Deloire reaccionaba con lentitud casi exasperante.

—¿Enterados de qué, Vincenzo?

—De que la Operación Julio César se ha venido abajo —dijo el italiano con tono funerario—. Lo cual significa que estoy prácticamente arruinado.

Durante unos segundos, los otros tres hombres intercambiaron miradas huidizas.

—¿Por qué no te explicas mejor? —le rogó por fin Satué—. ¿Qué es eso de que estás en la ruina? ¿Y qué demonios es la Operación Julio César?

El italiano abrió los brazos de par en par.

—Pero ¿qué es esto? —preguntó a su vez—. ¿Estáis de broma o es que no os dignáis echar un vistazo a la propaganda de la competencia?

—Yo sí sé de lo que hablas, Vincenzo —admitió Günter Odermann—. La Julio César iba a ser la primera estilográfica de serie limitada y alto precio de la marca Montesco, ¿no es así?

—Exactamente tal como tú lo dices —admitió el italiano, desesperanzado—. Iba a serlo. ¿Me das dos cartas, Ricard?

—Ahora lo recuerdo —admitió Deloire, repasando su jugada—. Una serie muy corta y muy, muy cara ¿no es así? Para mí, una carta, por favor.

—Muy corta, en efecto: tan solo sesenta y seis unidades —confirmó el italiano—. La edad de Julio César cuando murió asesinado.

—Ah, ya recuerdo. «¿Tú también, Bruto, hijo mío?» —declamó Satué, mirando al alemán.

–No, padre. Yo estoy servido –replicó Odermann, respondiendo de forma insólita a la broma del catalán.

–Un modelo totalmente nuevo, precioso –rememoró Spadolini con los ojos soñadores–. Diseño italiano, ya sabéis. En oro blanco con incrustaciones de lapislázuli. Le habíamos puesto el precio simbólico de dieciocho millones de liras por ejemplar.

–Demasiado simbólico, si me permites decirlo –rezongó Odermann–. O sea, demasiado asequible. Por desgracia, mucha gente solo valora lo verdaderamente caro.

–Quizá. Por cierto, voy con cincuenta mil liras.

–Se apuesta en pesetas, Vincenzo –le recordó Satué–. Hay que respetar la bandera del barco.

–Vaya... ¿Y a cómo está el cambio?

–Déjate de cambios. Pon dos fichas de color burdeos, y en paz.

–Ahí van... Bueno, ya sabéis cómo se hacen estas cosas... Un despliegue publicitario a escala mundial, máxima expectación, los grandes coleccionistas de estilográficas esperando durante nueve meses la aparición de la Julio César como la de la Santa Madonna y peleándose por reservar un ejemplar y al final...

–¿Qué?

–No os lo vais a creer: uno de esos malditos jeques árabes de la OPEP sobornó a nuestro importador para los Estados Unidos... y compró a su precio los cuarenta y cuatro ejemplares destinados al mercado norteamericano, canadiense y asiático. Ni siquiera llegaron a entrar en nuestro almacén de Manhattan. Por lo visto, el de la chilaba envió al aeropuerto Kennedy a un mensajero con setecientos mil dólares en billetes de curso legal, y se llevó las plumas en una maleta camino de Kuwait City.

Satué y Deloire cruzaron una mirada de consternación. El alemán ni siquiera pareció inmutarse.

—Oye, ese importador del que hablas... ¿No te referirás a John Heat? —preguntó.

Spadolini se volvió hacia Odermann. Los ojos le lanzaban llamaradas.

—Claro que estoy hablando de Heat, maldita sea. Tú me lo recomendaste encarecidamente, ¿recuerdas? Dijiste que era quien mejor conocía los mercados americano, japonés y coreano.

—Cierto.

—Pero olvidaste decirme que se trataba de un maldito rufián sin el menor escrúpulo.

Odermann se encogió levemente de hombros.

—Lo tenía por un hombre íntegro, Vincenzo. Está claro que todos tenemos nuestro precio. Por supuesto, te garantizo que desde este mismo momento Heat ha dejado de ser el representante en América de Estilográficas Odermann.

El italiano dirigió a Odermann una mirada silenciosa en la que podía descubrirse con cierta facilidad un velo de rencor. Sus palabras, sin embargo, indicaron otra cosa.

—Te agradezco el detalle, pero no será necesario. Ya he tomado medidas contra Heat. Una de las ramas de la familia de mi madre se estableció en el este de los Estados Unidos hace ya tiempo. Son gente influyente. Sicilianos, ya sabéis.

El comentario consiguió, por fin, que Günter Odermann mostrase más interés por la conversación que por el juego. Tragó saliva antes de preguntar.

−¿Te refieres a la... mafia?

Lo había dicho en el mismo tono en que habría pronunciado la palabra «autopsia».

−Mafia no, hombre... Cosa Nostra, le decimos en Sicilia. Ellos se encargarán de esa rata de cloaca.

−Dios mío, Vincenzo... no... no hablarás en serio. ¿Quieres decir que has pedido a tus parientes que liquiden a John Heat?

El italiano clavó en los ojos de su amigo una mirada de hielo y la mantuvo durante un larguísimo tiempo.

−Claro que no −dijo, al fin, el propietario de Montesco−. No era más que una broma. Me conformaré con que rompas tus relaciones comerciales con Heat y hagas correr la voz de que es un indeseable.

Odermann volvió a respirar.

−Claro... claro, hombre, cuenta con ello.

Satué y Deloire también mostraron su alivio sin tapujos.

−Respecto al tema de la Julio César −apuntó el francés de inmediato− supongo que podrás hacer algo más que quedarte cruzado de brazos.

−Aún te quedan las veintidós plumas del mercado europeo −le recordó Satué.

−Veintiuna, si descontamos la mía. Pero eso no me libra del desastre. Todos los ejemplares de la serie estaban adjudicados, tras una cuidadosa selección, a otros tantos de nuestros puntos de venta oficiales repartidos por todo el mundo. Escoger ahora veintiuna entre esas sesenta y cinco agencias creo que resultaría incluso más problemático y negativo que no poner ninguna a la venta.

–¿Y si amplías la serie? –propuso Satué–. Busca otra cifra mucho mayor que tenga a Julio César como referencia. El año de su muerte, por ejemplo.

–Es imposible. Ya sabéis cómo son estas cosas. Los notarios ya han dado fe de las condiciones en que se presenta la serie, han firmado las actas y destruido los moldes de fabricación.

Günter Odermann carraspeó, mientras colocaba una ficha azul sobre el tapete.

–De todos modos, creo que ya os advertí en el pasado sobre el riesgo de las ediciones limitadas y numeradas. En ciertos casos son una excelente estrategia comercial... pero hay que conocer muy bien el terreno que se pisa. No todas las marcas pueden emprender con éxito una aventura semejante.

El italiano aceptó en silencio la regañina pero no se privó de lanzar una mirada torva y silenciosa sobre Odermann.

–Sin embargo, a tu empresa le ha funcionado maravillosamente, Günter –recordó Deloire.

–No debéis olvidar que Estilográficas Odermann fue la pionera –dijo el alemán, sin ocultar lo más mínimo su satisfacción–. Lanzamos las primeras series limitadas hace casi diez años, después de varias décadas sin que ninguna otra marca lo hiciera. En realidad, la enorme popularidad actual de las estilográficas de serie limitada se debe en buena parte a nuestro impulso y por algo se dice que quien da primero, da dos veces. Otras marcas podrán sacar modelos en series limitadas, incluso limitadísimas, pero las más cotizadas, las más buscadas y las más esperadas son las de Odermann. Y ese no es un éxito que cualquiera pueda repetir sin más.

El alemán había logrado darle a esa última frase un tono deliberadamente hiriente que no pasó desapercibido para ninguno de sus compañeros de singladura.

–No te queda otra solución que renunciar a la serie –afirmó Deloire quien, pese a su inicial resistencia, ya no disimulaba su interés por el tema.

–Querrás decir que no me queda otro remedio. Porque solucionar, no me soluciona nada –reconoció Spadolini–. Habré tirado a la basura un millón de dólares, que es lo que costó la fabricación de la serie. Y en una empresa del tamaño de la mía, un kilo de los billetes verdes... son cifras mayores. Y eso no es lo más grave: después de toda la publicidad derrochada en torno a la aparición de la Montesco Julio César, cuando digamos que no hay pluma vamos a ser el hazmerreír del sector. O sea, además de la ruina económica, nuestro prestigio va a quedar por los suelos. Perderemos de inmediato la confianza de nuestros clientes y de nuestros distribuidores. Va a ser como empezar de cero. Quizá ni siquiera merezca la pena.

Durante unos instantes, solo el siseo suavísimo de los naipes entre los dedos siguió al epitafio que Spadolini acababa de dedicar a su empresa.

–Y lo más odioso es que seguro que ese kuwaití ni siquiera pretende hacer negocio.

–Lo más probable es que tenga un palacio con cuarenta y cuatro cocinas y utilice las Julio César para anotar la lista de la compra en cada una de ellas.

Pese a la conversación, las apuestas crecían de un modo vertiginoso. Entre dos de ellas, volvió a hablar Odermann.

—Lo que resulta más vergonzoso y decepcionante de todo este tema es comprobar el poder del dinero. El genio, los ideales, las lealtades... todo tiene su precio. Para uno de esos jeques del petróleo, el mundo y sus habitantes solo somos objeto de compraventa.

Spadolini había dejado de mirar sus cartas. Se limitaba a manosearlas, haciéndolas pasar de delante atrás sin descanso.

—Tienes toda la razón, Günter. Toda la razón. ¿Sabéis? llevo una semana sin pegar ojo por culpa de este tema. Siete días en los que apenas he podido dejar de pensar un solo instante en el modo de... de romper ese maleficio. De derrotar al dinero y a quienes lo poseen como un modo de vengarme de esta catástrofe.

—¿Y qué? ¿Has dado con la solución?

El propietario de Montesco carraspeó antes de responder, para conseguir dar a sus palabras el efecto deseado.

—En cierto modo —dijo.

Odermann, Satué y Deloire miraron a su compañero con bastante más interés del demostrado hasta ahora. Un invisible pero clarísimo signo de interrogación se acababa de dibujar en sus rostros.

—¿Y bien...? —preguntó Odermann tras unos segundos de desconcertante silencio.

—Bueno... tengo la solución teórica —aclaró Spadolini—. Me falta concretarla. Hacerla palpable. ¿Me explico?

—No —respondió Odermann.

El italiano sonrió. Ya nadie prestaba atención a la partida de póquer. Y él, abandonando sus naipes, se lanzó a hablar gesticulando de ese modo tan peculiar en que lo hacen las gentes de su tierra.

—Teóricamente, la solución al problema estaría en fabricar algo que nadie, repito, nadie pueda comprar con dinero –dijo, vehementemente–. Ni siquiera esos petroleros multimillonarios del golfo Pérsico.

—Pero... esa ya es de por sí una premisa imposible –consideró Deloire–. Si es tan caro que un jeque árabe no lo puede comprar, entonces tú no lo puedes fabricar.

Odermann alzó inmediatamente la mano.

—Esperad, esperad... Creo que entiendo a Vincenzo. No es cuestión de precio sino, digamos... de... de exclusividad.

—¡Exacto! –confirmó el italiano–. Esa es la palabra: exclusividad.

—En ese caso, la solución es aún más simple: fabricas una pieza única sobre la base de cualquiera de tus modelos y te niegas a venderla.

Spadolini arrugó el gesto.

—No, no, no. No va por ahí, amigo Günter... Por supuesto que si yo me niego a vender este vaso o esta baraja, ni ellos ni nadie la pueden comprar. Pero eso no significa nada. Eso no es una venganza sino una estupidez.

—Me parece que lo comprendo –intervino Satué, que seguía el debate con interés–. Nuestra venganza puede tomar la forma de un objeto más o menos valioso pero la condición imprescindible es que despierte la codicia de los multimillonarios. ¿No es eso?

—¡Ahí está! Sea lo que sea, han de desear poseerlo. Han de desearlo intensamente. Y por supuesto, no debe existir la posibilidad de que lo consigan por otros caminos.

—A ver, a ver... me estoy perdiendo –admitió Odermann, en busca de una mejor explicación por parte del italiano, cuyo uso del idioma inglés resultaba, cuando menos, pintoresco.

—Quiero decir —dijo el italiano— que tiene que tratarse de un objeto bello y valioso, desde luego. Un objeto único pero, además, irrepetible. Imposible de copiar.

El propietario de Estilográficas Odermann se acarició la barbilla. Sin quererlo, estaba empezando a sentir una buena dosis de fascinación por la proposición de su colega siciliano.

—Un objeto irrepetible ¿eh?

—¡Irrepetible! —exclamó el presidente de Montesco, vehemente, para cambiar inmediatamente a un tono de clarísimo reproche—. Vosotros podíais haberlo hecho con vuestro modelo Solitaire Exclusive, Günter. Pero no. Teníais que ponerla a la venta y fabricarla de encargo para todo aquel que pueda pagar su precio.

—Un precio ciertamente exorbitante —apuntó Deloire.

Spadolini continuó con su exposición, sin inmutarse.

—Ya hemos visto que eso es lo de menos. Siempre hay alguien dispuesto a pagar una cantidad exorbitante. Y, muchas veces, precisamente por eso: porque solo está al alcance de unos pocos. Eso es algo que nunca le perdonaré a Estilográficas Odermann.

Con una leve sonrisa, el alemán sacó de uno de los innumerables bolsillos de su chaleco de aventurero su pluma Odermann Solitaire Exclusive, de la que nunca se separaba, y la mostró a sus compañeros, que la acogieron con admirativos silbidos.

—La Solitaire Exclusive —explicó el teutón—, igual que nuestras famosas series limitadas, se pensó como una estrategia publicitaria, no como un negocio. Los cien mil dólares que pedimos por ella, ni siquiera cubren los costes de fabricación. Pero cada ejemplar que vendemos es un magnífico anuncio de nuestra empresa atrayendo sobre sí todas las miradas en los lugares más selectos del planeta. Desde ese punto de vista ha supuesto una espléndida inversión.

Satué extendió la mano ante Odermann.

–¿Puedo...?

–Por supuesto, Ricard, por supuesto –concedió el alemán tras una clarísima vacilación–. Eso sí, procura que no se te caiga por la borda. ¡Je!

El catalán no pudo evitar un escalofrío al sentir en la piel el roce de los casi cuatro mil pequeños brillantes que «... con un peso total de 26 quilates, finamente engarzados sobre el cuerpo de oro blanco macizo, conforman una superficie extraordinariamente lisa y sedosa...» tal y como anunciaba la propaganda de la marca. Hasta ese instante, Satué no había podido imaginar cuán cierta resultaba aquella afirmación.

–Es... ciertamente maravillosa –susurró, impresionado.

–No está mal –comentó Deloire, con cierta sorna.

–¿No está mal? –replicó Odermann, entre enfadado y divertido–. ¿No está mal? Me gustaría ver cuándo tu empresa es capaz de diseñar y elaborar algo parecido.

Si el francés sintió aquella frase como un desprecio profesional, no lo exteriorizó. En realidad, fue mucho más patente el enfado del propietario de Montesco.

–Es una hermosa pluma, sí. Pero lo sería mucho más si se tratase de un ejemplar único –apuntó, sin ocultar su enojo, Vincenzo Spadolini–. Dime, Günter: ¿cuántas habéis fabricado hasta ahora?

—No llevo la cuenta. Como comprenderás, eso no es cosa mía. Varias, desde luego. Entre veinte y treinta, si no recuerdo mal.

—Demasiadas —sentenció el italiano.

—¿De veras cuesta nueve meses de trabajo fabricar cada pieza? —preguntó Ricard Satué, mientras desenroscaba el capuchón con aire reverencial para admirar el clásico plumín Odermann, en oro de catorce quilates, que casi parecía de hojalata en medio de aquel derroche de fulgores diamantinos.

—No tanto, no tanto —admitió el alemán, con una sonrisa pícara en los labios—. Eso también forma parte de la estrategia comercial creada en torno a la Solitaire Exclusive. Quien desee un ejemplar, en efecto, debe adelantar la mitad de su precio y esperar nueve meses antes de recibir su pluma y completar su pago. Eso acrecienta su valor y el deseo de poseerla.

—¡Estupendo detalle! —exclamó el catalán, al punto—. No basta con tener cien mil dólares para darse el capricho. Además, hay que tener paciencia.

El italiano lanzó un gruñido.

—No seas ingenuo, Ricard. Los petrodólares también compran el tiempo. Nuestros amigos de la OPEP no necesitan esperar. Si desean una Solitaire Exclusive buscan a quien posea una, le ofrecen el doble o el triple de su precio y ya está. Negocio inmediato. ¿No es así, Günter?

El alemán gruñó antes de asentir.

—Por extraño que parezca, ya hemos sabido de algún cliente que nos ha encargado la pluma con la única intención de revenderla después a un millonario impaciente.

–¡Ahí lo tenéis! –clamó Spadolini–. De nuevo el maldito dinero es capaz de conseguirlo todo. La única forma de plantarle cara a esa gente es la que os he dicho. ¿Verdad –dijo el italiano engolando cómicamente la voz– que le gustaría a Su Alteza Petrolífera añadir esta estilográfica a su colección personal, esa en la que no falta ni una sola de las piezas más valiosas que se han fabricado en el mundo? ¡Pues te vas a fastidiar porque de esta no hay más que una y la tengo yo! ¡Y todo tu oro negro no te va a servir de nada!

Nicolás Deloire rió con ganas. También lo hicieron Odermann y Satué, celebrando las dotes de comediante de su colega.

–Cualquiera que te oiga... Menos mal que estamos en medio del Mediterráneo.

Sin embargo, tras la pequeña representación, Spadolini se quedó serio y miró a sus compañeros con aire retador.

–Os lo estoy proponiendo totalmente en serio. ¿Por qué no lo intentamos?

–¿Te refieres a... fabricar la estilográfica definitiva, única, maravillosa e irrepetible?

–¡Claro que sí! ¡Vamos...! Aunque solo sea por ver la carita de envidia que se les pondría a esos nuevos ricos... y a los viejos ricos, también, por supuesto.

–¿Y estás pensando en una colaboración entre nuestras empresas?

El italiano carraspeó.

–Reconozco que esa fue la primera idea que pasó por mi cabeza. Pero pronto me percaté de que eso es algo tan complicado que pretenderlo solo aumentaría la complejidad del

33

problema. Me conformo con lanzaros el reto y me sentiría satisfecho con que alguno de vosotros, cualquiera de vosotros, decidiese llevarlo adelante.

El silencio fue largo.

Satué seguía embelesado con la Exclusive de Odermann. Fue el primero en hablar, aunque sin apartar los ojos de la pluma de cien mil dólares.

—Como bien sabéis, la producción de mi empresa se orienta hacia artículos mucho más sencillos. Ni siquiera nos hemos metido todavía en el mundo de las ediciones limitadas...

—Personalmente, creo que hacéis bien —comentó Günter Odermann.

—No te pases de modesto —le espetó Spadolini, al punto—. Conocemos el potencial de Iberolex, Ricard. Además, no te estoy hablando de realizar una gran inversión. Por supuesto, tendría que ser un objeto caro, para atraer la atención de los buitres... pero al tratarse de una pieza única... no sé... Yo creo que la solución a este desafío es más una cuestión de ingenio que de dinero.

El catalán agradeció los halagos de su amigo con un gesto que terminó por convertirse en un alzamiento de hombros.

—Ya, ya... Pero en Iberolex tenemos a gala fabricar y vender buenas plumas que cualquiera puede comprar. No creo que fuera una buena propaganda, en nuestro caso, hacer una pluma que no pudiese comprar nadie. Vuestros casos son distintos. Vosotros sois la aristocracia de los fabricantes de estilográficas europeos.

—¿Qué dices tú, Nicolás? —dijo entonces Spadolini, volviéndose hacia el presidente de La Plume Deloire, Societé Limitée.

El aludido movió la cabeza dubitativamente antes de responder.

–En teoría, el reto resulta atractivo –concedió el francés, mirando a Spadolini–. Es un bonito enigma; un desafío. Como uno de esos acertijos de las leyendas antiguas. Solo que, en este caso, quizá carezca de solución.

–Si no la buscamos, jamás lo sabremos.

–Cierto. Como también es cierto que el empuje publicitario que tendría esa estilográfica sería enorme. Con ella, recuperarías para tu empresa todo el prestigio perdido con el fiasco de la Julio César.

El italiano asintió en silencio, mientras buscaba con la mirada al tercero de sus compañeros.

–¿Qué opinas tú, Günter?

El alemán se tomó un largo tiempo para contestar, que incluyó apurar los restos de su *gin-tonic*.

–Opino, como Nicolás, que se trata de un planteamiento muy interesante... pero seguramente imposible de llevar a la realidad. Por otra parte, la casa Odermann no está necesitada de grandes efectos publicitarios.

–Desde luego –concedió Satué.

–Y sin embargo...

–¡Ajá! Sabía que habría un «sin embargo» –exclamó Spadolini, sonriendo ampliamente.

–Sin embargo –repitió el alemán– debo reconocer que la tradición de mi empresa ha sido la de ser siempre los primeros. Los más audaces. Nuestra marca posee las mejores series limitadas, tenemos la pluma de catálogo más cara del mundo... Mentiría si dijera que no me atrae poner mi firma en esa supuesta... estilográfica irrepetible. En fin... lo pensaré. Por cierto, Ricard, ya que hablamos de la pluma más cara del mundo, si no te importa...

Satué, todavía embelesado con la Solitaire Exclusive, dio un pequeño respingo al ver al alemán con la mano derecha extendida hacia él.

–¿Eh? ¡Oh, claro, claro...! Es verdaderamente seductora, Günter. Mi enhorabuena.

El catalán cerró la pluma y, tomándola por el capuchón, se la tendió a su dueño.

Sucedió entonces lo inesperado.

Cuando Günter Odermann tendió la mano para recogerla, una inexplicable vacilación hizo que la Solitaire Exclusive resbalase entre sus dedos.

–¡Cuidado! –exclamó Satué, sintiendo un vuelco del corazón.

Todo ocurrió en un instante, aunque pareció desarrollarse a cámara lenta.

Ni Satué ni Odermann acertaron a sujetarla y la pluma cuajada de diamantes, como si hubiese cobrado vida propia, dio un pequeño salto en el aire. Los dos hombres intentaron agarrarla pero solo consiguieron estorbarse mutuamente.

Un instante después, ante la incrédula mirada de los presentes, la estilográfica más cara del mundo cayó sobre la cubierta del *Enllá*, rebotó con un sonido leve y escalofriante y, ante la impotencia de los cuatro amigos, cayó por la borda lanzando un último destello, como un adiós.

Un levísimo sonido, un chapoteo ínfimo fue todo lo que produjo al entrar en el agua. Y ni siquiera se oyó, ahogado por el rumor del motor auxiliar del velero.

–¡Dios mío...! –gimió Nicolás Deloire lanzándose hacia la barandilla, mientras Spadolini se echaba las manos a la cabeza y Ricard Satué sufría un vahído que le doblaba las rodillas.

La catástrofe se había consumado en apenas un par de segundos. Durante otros ocho o diez, no hubo nada. Luego, los tres hombres se volvieron lentamente hacia Günter Odermann que se había quedado inmóvil, mortalmente pálido bajo la luz de la luna, los dientes fieramente apretados y la mirada desorbitada, fija en la negra superficie del Mediterráneo, convertido de pronto en el mayor tintero del mundo.

Durante todo un interminable minuto solo se escuchó el rumor del mar y el silencio. Justo hasta que Günter Odermann comenzó a reír, primero suavemente, pero cada vez más y más alto, hasta desembocar en una franca carcajada.

–¿Te... encuentras bien, Günter? –preguntó al fin Satué, temeroso de que su amigo hubiese perdido el juicio junto con su carísima estilográfica.

Odermann, inexplicablemente sonriente, se permitió una nueva pausa antes de responder.

–Pues claro que me encuentro bien. Supongo que no me creeréis tan estúpido como para embarcarme en este cascarón llevando en el bolsillo una auténtica Solitaire Exclusive.

Satué y Spadolini, parpadearon. Deloire, dejó caer la mandíbula.

–¿Qué...?

–¿Cómo?

–Quieres decir... que... ¿que se trataba de una réplica?

El dueño de Estilográficas Odermann volvió a reír a carcajadas.

–Ni más, ni menos. Una falsificación. Lo que parecían brillantes eran simples trozos de vidrio. Me hizo gracia y la compré en Hong–Kong hace un par de años por doscientos noventa y nueve dólares. Eso sí: el plumín era un auténtico Odermann.

Ricard Satué se había sentado sobre el suelo de madera de la cubierta y se retiraba con la palma de la mano el sudor que le perlaba la frente.

–O sea, que lo has hecho a posta. Has dejado que se te cayera de las manos para darnos este susto de muerte.

Una nueva carcajada del alemán corroboró las palabras de su colega.

–Maldito seas, Günter... casi me provocas una angina de pecho. No deberías gastar bromas de este calibre a gente de nuestra edad.

El alemán rió de nuevo con ganas.

–Así que te pareció impresionante y maravillosa, ¿eh, Ricard? ¡Ja, ja! Descuida, que no le contaremos a nadie que no supiste distinguir una pluma de trescientos dólares de una verdadera Solitaire Exclusive.

–¡Eh! –protestó el catalán–. ¡Eso no es justo, Günter! Yo estaba convencido de que era auténtica. ¡Y, además, es de noche!

Odermann volvió a reír mientras Spadolini alzaba las manos, reclamando la atención de sus tres compañeros.

–Puesto que de todo hay que aprender, creo que este incidente nos impone una nueva condición en la búsqueda de nuestra estilográfica perfecta.

–¿Más difícil todavía? –bromeó Satué–. ¿No tendrás parientes relacionados con el mundo del circo?

El italiano esperó unos segundos antes de continuar.

—La pluma que buscamos —dijo al fin— no solo debe ser un modelo poderosamente atractivo, único e irrepetible. Además, debe ser infalsificable.

—A ver, a ver... ¿qué quieres decir con eso, exactamente? —preguntó Nicolás Deloire haciéndose eco del estupor de sus otros dos compañeros.

—Significa que cualquiera, incluso un profano, pueda tener la seguridad, a simple vista o de modo muy sencillo, de que se halla ante la pieza auténtica y no ante una imitación.

Hasta la luna pareció adoptar un semblante perplejo.

—Sinceramente, creo que pides demasiado —dijo Odermann—. Si es posible falsificar un Velázquez o un Van Gogh hasta el punto de hacer dudar a los expertos, ¿cómo no va a serlo falsificar una pluma, por muy especial que esta sea?

Spadolini sonrió con suavidad y a Ricard Satué no le pasó desapercibido el detalle.

—Parece imposible y, sin embargo —dijo el patrón del *Enllá*, con suavidad— apostaría algo bueno a que este maldito italiano ya tiene la solución al enigma que él mismo nos plantea. ¿Me equivoco?

Una sonrisa algo más amplia, absolutamente enigmática, se dibujó en el rostro de Spadolini.

—Puede que sí, puede que no...

La mirada de Günter Odermann lanzó un destello.

—Bravuconadas de italiano —rezongó—. Seguro que no estás más cerca que yo de conseguir esa estilográfica inaudita.

—¿Quieres apostar?

—Sabes que no me gusta el juego, fuera de estas partidas de póquer.

—Supongo que lo que quieres decir es que no te gusta perder. Lo entiendo. A mí tampoco.

Odermann inspiró con fuerza. Miró a Spadolini con fiereza y, a continuación, al resto de sus compañeros de singladura.

—Digas lo que digas, la única empresa que puede afrontar ese reto, es Estilográficas Odermann.

—Sí, sí, de acuerdo... mucha palabrería y mucha fanfarronada, pero el asunto sigue en el aire —dijo el italiano, apretando un poco más las clavijas al alemán—. La cuestión es: ¿está la casa Odermann dispuesta a asumir el desafío o no?

Odermann arrojó con suficiencia sobre la mesa las cinco cartas que aún conservaba en su poder. Lo hizo de modo que los otros tres pudieran ver que llevaba un póquer de ochos.

—Si es posible fabricar esa estilográfica imposible, yo lo haré.

—Lo haré, lo haré... Eso no es decir nada, Günter. ¿Cuándo lo harás?

—Pongamos... antes del próximo viaje del *Enllá*.

—Antes del próximo verano, entonces.

—Ni más ni menos.

Tres: la solución

Diciembre de 1997
Ámsterdam, Unión Europea

El hombre del Mercedes

El Mercedes 600 de alquiler, que había iniciado su recorrido en la Central Station, se detuvo con cierta brusquedad al llegar a la confluencia de Stadhouderskade y Paulus Potter, lo que hizo que su conductor se ganase una dura mirada del ocupante a través del retrovisor interior.

–Disculpe, señor. Es la falta de costumbre. Habitualmente conduzco un Jaguar.

Günter Odermann contestó con un monosílabo que tanto podía significar «no tiene importancia» como «escribiré a la dirección de su empresa proponiendo su despido inmediato». Luego, escudriñó los alrededores tratando de localizar a Weimar y a Martínez pero la lluvia que salpicaba los cristales tintados del auto, combinada con la escasa luz de aquella mañana plomiza, lo hacía imposible.

Con un gesto de impaciencia, Odermann oprimió el pulsador situado bajo la ventanilla y el cristal comenzó a descender con un zumbido leve. De inmediato, los sensores del climatizador automático registraron el brusco cambio de temperatura en el interior del vehículo y ordenaron al equipo de calefacción que comenzase a soplar aire caliente a toda potencia.

El presidente de Estilográficas Odermann lanzó un exabrupto en alemán al sentir el rostro salpicado de agua de lluvia casi helada mientras desde los pies le subía una oleada de calor insoportable.

–Maldita sea... ¡Apague eso ahora mismo! ¿Quiere?

–¿Perdón, señor?

–¡Desconecte el climatizador del auto!

–Pero, señor...

–No podemos vivir siempre dentro de una urna de cristal. De vez en cuando hay que aceptar alguna incomodidad. Vivimos en el mundo y los rigores del clima forman parte de él, ¿no le parece?

–Estoy de acuerdo con usted, señor –respondió el chófer que, en realidad, estaba en absoluto desacuerdo con Odermann, desconectando el sofisticado sistema Mercedes de control de temperatura.

Medio minuto más tarde, cuando Odermann empezaba ya a preguntarse si no habría sido víctima de un malentendido, distinguió a lo lejos, difuminadas por la distancia y por la lluvia, las siluetas de los hombres a quienes esperaba, acercándose hacia él, protegidos bajo grandes paraguas con los colores de la bandera holandesa. Sin pensárselo dos veces, abrió la portezuela, salió del coche y echó a andar hacia ellos.

Casi al momento, sin embargo, retrocedió para dirigirse al conductor.

–Vaya a aparcar, pero mantenga conectado el teléfono. Le llamaré cuando tenga que venir a recogerme.

–Bien, señor.

–Y suba el cristal de la puerta trasera antes de que se le inunde el coche con esta condenada lluvia.

–Ahora mismo. Gracias, señor.

–Esta condenada lluvia... –repitió Odermann, para sí, lanzando una mirada rápida al cielo en el que no se abría ni un solo claro.

En sus últimas cuatro visitas a la ciudad había llovido sin cesar. Tenía que tratarse de una casualidad, desde luego, pero lo cierto es que no recordaba cuándo había pisado por última vez suelo seco en Ámsterdam. Tanto era así que cuando alguien le hablaba de la capital de Holanda, había adquirido la costumbre de comentar: «¡Ah, sí! Es esa ciudad en la que siempre llueve. Menos mal que tiene los canales de desagüe más hermosos del mundo».

Distraído por ese pensamiento, casi tropezó con los dos hombres, que se le acercaban a buen paso.

–Buenos días, señor Odermann –dijo Weimar, en alemán.

–No sea cínico, Otto –respondió Odermann, estrechándole la mano–. Nadie llamaría bueno a un día tan asqueroso como este.

Weimar hizo un gesto ambiguo mientras Odermann se volvía hacia el segundo hombre.

–Hola, Martínez –dijo, en un español deformado por su terrible acento germánico–. ¿Qué tal está usted?

–Encantado de volver a verle, Günter –respondió Martínez, también en castellano. Sin embargo, sabiendo que los conocimientos que Odermann poseía del idioma de Cervantes no le permitían ir mucho más allá de esa leve cortesía, decidió continuar en inglés–. ¿Qué tal el viaje?

–Bien, bien... En los condenados coches de la Wagons–Lits nunca he podido pegar ojo, pero hay que reconocer que esos trenes españoles que les hemos comprado... ¿cómo se llaman?

–En España los llamamos Talgo.

–Eso es: los Talgo. Un gran invento. El único tren que conozco en el que realmente se puede dormir durante el trayecto. Mejorarían mucho con tecnología cien por cien alemana pero son magníficos, de todos modos. Lo cual no significa que haya descansado como en mi propia cama, de modo que, si no les importa, me gustaría saber cuanto antes si mi presencia aquí va a ser algo más que una mera pérdida de tiempo. Ya he desperdiciado mucho en los últimos meses por culpa de este condenado asunto.

–Estoy convencido de que hoy no va a ser así, señor Odermann –dijo Weimar–. Usted y yo sabemos que nuestro amigo Martínez, como buen español, es un hombre imprevisible. Pero cuando dice que tiene la solución de algo, es porque la tiene.

–Como Goicoechea –apostilló el propio Martínez.

–¿Quién?

–El inventor del Talgo.

–Ah...

Odermann intercambió una sonrisa con Otto Weimar, su hombre en España. Pasaban ambos largas temporadas sin verse y eso permitía a Odermann darse cuenta de los sutiles cambios que su colaborador venía sufriendo. Tantos años en la península Ibérica lo estaban volviendo poco a poco más meridional, más mediterráneo. Más imprevisible, como él mismo había dicho. Esa era una de las causas por las que tenía planeado prescindir de él. Le iba a costar una pequeña fortuna pues no en vano Otto Weimar llevaba más de treinta años empleado en Estilográficas Odermann, donde entró a trabajar en su juventud como simple mozo de almacén. Pero la decisión de despedirle estaba ya tomada.

–De acuerdo, de acuerdo –admitió Odermann–. Pongámonos en marcha o acabaremos como una sopa. ¿A dónde vamos, si puede saberse?

Martínez señaló con la mirada un cercano caserón de ladrillo de dos plantas que, rematado por un impresionante tejado erizado de chimeneas, se alzaba en el lado opuesto de la Paulus Potterstrass.

–¿Coster? –exclamó Odermann al reconocer el edificio, sin ocultar su decepción–. ¡No me diga que me lleva a Diamantes Coster! ¿Es una broma, Martínez? Sinceramente, el comienzo de su gran idea resulta desalentador. Estoy harto de desechar proyectos cuajados de brillantes, topacios, esmeraldas y demás pedruscos preciosos. ¿Cómo he de decir que no se trata de fabricar la estilográfica más lujosa del mundo? ¡Eso no tendría ninguna dificultad! ¡Es solo cuestión de dinero!

Martínez se limitó a asentir con la cabeza y a sonreír con sorna bajo el paraguas mientras iniciaba la marcha. Odermann y Weimar intercambiaron una mirada desconcertada y azul.

–Pero... ¡Martínez! ¡Espere, hombre!

Aquella mañana Ámsterdam parecía una ciudad metálica; brillante y gris. Una ciudad de acero recién laminado en frío. De estrechas fachadas de hierro viejo surcado por zarpazos de óxido. En los canales flotaban las barcazas de chapa sobre un río que parecía de cromo sucio. De mercurio. De aluminio fundido, tal vez. Enfriaba el alma pasear por la capital de Holanda aquella mañana.

Coster Diamonds

La lluvia, cada vez más persistente, les aconsejó entrar en Coster por la puerta principal, la de los turistas, en lugar de buscar la posterior, la utilizada comúnmente por los profesionales.

–Tenemos una cita con el señor Azancot –dijo Otto Weimar a la joven recepcionista vestida de blanco y azul que se les acercó al momento–. Somos Odermann, Martínez y Weimar.

La muchacha, de ojos del color de la miel, sonreía como si acabase de ganar el primer premio de una rifa.

–¡Oh, sí! Tengan la bondad de esperar un momento, caballeros –dijo de inmediato.

Una familia de nórdicos –padre, madre, tres niñas– con los cabellos tan claros que parecía que los acabasen de poner en lejía, seguía atentamente las explicaciones sobre la obtención, talla y pulido de los diamantes que, en su propio idioma, les proporcionaba una azafata uniformada casi tan rubia como ellos.

Algo más allá, un matrimonio ruso, perteneciente a la hornada de nuevos ricos que la nueva Rusia postcomunista estaba produciendo, escuchaba con embeleso un relato, seguramente muy similar, de labios de otra azafata, de rasgos inequívocamente eslavos.

Y un numeroso grupo de japoneses hacía lo propio al fondo, ametrallándolo todo con los *flashes* de sus *yashicas*.

Durante la espera, mientras Weimar y su patrón conversaban aparte, Martínez recorrió lentamente el local con la mirada. Le pareció una curiosa paradoja que el edificio resultase más acogedor por fuera que por dentro. El interior del caserón resultaba ser una extraña mezcla entre museo de arte moderno, clínica para ricos y sucursal bancaria. Además, había demasiada gente paseando de un lado a otro.

–Demasiada gente –musitó el español sin despegar apenas los labios.

Se preguntó si sería posible efectuar un robo en un lugar como aquel. Coster Diamonds era, posiblemente, el sueño imposible de cualquier atracador de guante blanco. Recordaba haber visto muchos años atrás una película en la que unos ladrones vaciaban por completo una famosa joyería de Nueva York. O de Londres. O quizá de allí mismo, de Ámsterdam. Su memoria empezaba a flaquear, sin duda a causa de la edad, que nada respetaba. El caso es que, en aquella película, los personajes se llevaban los diamantes por kilos, aspirándolos por medio de una manguera. ¡Qué maravilla...!

Pero, claro, aquello no era más que el guión de una película.

Las medidas de seguridad allí, en Coster, debían de ser impresionantes, pese a que no se veía ni un solo guardia de seguridad; ni una sola cámara de vigilancia.

—Qué curioso... –murmuró Martínez, admirado.

En efecto, si las medidas de seguridad son invisibles resulta mucho más complicado elaborar un plan para anularlas. Y el visitante se encuentra mucho más a gusto.

Petróleo crudo

Un árabe de edad indefinida, ataviado con una llamativa chilaba bordada en oro ascendía por una de las dos escaleras voladas que enmarcaban el vestíbulo, tras los pasos de otra de las azafatas, en dirección a las salas de demostración de la primera planta.

Posiblemente, dentro de unos minutos su cuenta corriente habría disminuido ligeramente al tiempo que los beneficios de Coster Diamonds se habrían incrementado en igual proporción.

Cuando el árabe desapareció tras una de las puertas blindadas de la galería superior, la mirada de Martínez se encontró con la de Odermann, que también había seguido con curiosidad la ascensión del hombre de la chilaba.

—Incluso desde aquí huele a petróleo ¿eh? –comentó el español, refiriéndose al de la chilaba con un gesto de las cejas.

—A petróleo crudo. Seguramente podría comprar sin inmutarse el más caro de los diamantes del almacén.

—Seguramente podría comprar la mitad más una de las acciones de esta empresa y decidir que, a partir de mañana, Coster se dedique a la venta de castañuelas –corrigió Martínez, echando mano de su habitual sorna aragonesa.

Odermann apenas sonrió.

–Sin duda. Y puesto que eso es así... no sé qué demonios hacemos aquí, Martínez.

El español sonrió ampliamente. Empezaba a sentirse un poquitín molesto por la desconfiada impaciencia del alemán.

–¿Que qué hacemos, *Herr* Odermann? –dijo en un tono extraño, que sonó a reprimenda–. Venimos en busca de la solución a su capricho. Venimos a comprar algo que no se puede comprar con dinero. ¿No es eso lo que usted desea?

Odermann percibió el tono de reprimenda del español y estuvo a punto de replicar con furia pero, en el último instante, se limitó a resoplar y encogerse de hombros.

–La verdad, ya no sé qué es lo que deseo; pero, sea lo que sea, llevo cinco meses obsesionado con ello por culpa de ese condenado italiano...

Martínez, ahora, rió fuerte y sin complejos, haciendo que todos los visitantes de Coster se volviesen a mirarle.

–Así que, en este asunto, hay un italiano de por medio ¿eh? ¡Me encanta! Sobre todo, porque imagino de quién se trata.

Azancot

Rafael Azancot era un judío sefardí, alto y enjuto como una caña, al que sus peculiares gafitas ovaladas prestaban un aire falsamente inocente. Rozaba los sesenta años y era uno de los talladores de diamantes en activo más antiguos y reputados de Ámsterdam.

Salió de un ascensor que más bien parecía una pequeña cámara acorazada y abrazó con afecto a Martínez, quien hizo de inmediato las presentaciones. Tras los apretones de manos de rigor, el tallista, rogó a los tres hombres que le acompañasen.

–Vamos a bajar al segundo sótano, el corazón de la casa Coster –anunció a sus visitantes–. Les aseguro que se trata de un acontecimiento excepcional en esta empresa. Me ha costado mucho trabajo convencer a nuestro jefe de seguridad de que son ustedes inofensivos y de que este era el método menos complicado y más seguro para mostrarles mi... mi modesto trabajo.

Entraron los cuatro en el ascensor y Azancot oprimió el botón inferior, que se iluminó al instante.

–No me digas que se accede al santuario de Coster con solo pulsar un botón –dijo Martínez–. ¿Ni siquiera es precisa una llave de seguridad o una tarjeta magnética?

Azancot sonrió en silencio. Al llegar al piso de destino, se volvió hacia Martínez.

–¡Oh...! He olvidado algo y tenemos que volver a la planta principal. ¿Te importa oprimir el botón?

–No. Claro que no.

Apenas el índice del español se apoyó sobre el disco metálico grabado con el dígito «o», las puertas del ascensor se cerraron rápidamente. Parpadearon las luces. Se escucharon voces cargadas de urgencia y el ladrido intermitente de una alarma lejana.

–¿Qué ha ocurrido? –preguntó Odermann, con un velo de temor en la voz, mientras Weimar y Martínez miraban inquietos a su alrededor.

Azancot sonreía beatíficamente.

–Solo la huella dactilar de los empleados autorizados permite el funcionamiento del ascensor –explicó–. Cualquier otra, bloquea el sistema y dispara las alarmas. Si en noventa segundos no se aclara la causa del incidente, intervendrá la policía.

–Ingenioso.

Azancot colocó los pulgares de ambas manos sobre los pulsadores del sótano y el segundo piso. Cesaron las sirenas. La luz regresó y se abrieron las puertas. Tres guardias de seguridad los esperaban con las armas montadas y pese a las tranquilizadoras explicaciones del judío, cachearon concienzudamente a los tres visitantes, sin dejar de encañonarlos ni un segundo.

–No más demostraciones, por favor –suplicó Odermann mientras un fornido guarda jurado, con cara de poquísimos amigos, le acariciaba su traje de cuarenta mil marcos con un detector de metales.

Por fin, aclarado el incidente, los cuatro hombres pudieron acceder a la zona de trabajo. Doce pequeños talleres individuales en los que otros tantos tallistas, considerados entre los mejores del mundo, desarrollaban su tarea en solitario, creando y puliendo algunas de las mejores piedras preciosas que se podían encontrar en el mercado internacional.

El sefardí los condujo hasta el suyo, sensiblemente mayor que el resto. Abrió la puerta automáticamente, apoyando ahora su índice izquierdo en un sensor. Tras cerrarla por el mismo procedimiento, se dirigió a su mesa de trabajo y encendió la luz de un flexo-lupa. Del primer cajón de la derecha sacó un paño suave, de hilo de algodón virgen.

Lo colocó sobre el tablero y lo desdobló bajo la luz dejando a la vista una piedra sin tallar, aún carente de brillo; sin forma definida.

—Lo encontraron en el Congo, hace cuatro años. Cuando el país aún se llamaba Zaire.

—¿Qué es? —preguntó Günter Odermann.

—Es un diamante muy, muy grande y muy raro. De haberse tratado de una piedra limpia, estaríamos ante una pieza ciertamente colosal. Y sin embargo, ya les digo, lleva aquí varios años.

—¿Por qué?

—Porque nadie sabe qué hacer con él. Lo llamamos «la vaca suiza».

—¿Por su tamaño?

Azancot rió la ocurrencia de Martínez.

—Desde luego, es grande como una vaca. Pesa más de noventa kilates. Pero el apodo lo recibe por ser blanco y negro. Es un gran diamante convencional pero, como ven, presenta en su centro una enorme imperfección oscura. Esa circunstancia lo condena irremisiblemente a la mediocridad. Ante una piedra como esta, la discusión entre los talladores está servida. Unos creen que lo mejor es transformarla en un diamante grande, de muchos kilates, aunque sea imperfecto. Siempre habrá un caprichoso al que le guste y que no haga mucho caso de las tasaciones convencionales. Otros, piensan que es preferible fragmentarlo, eliminar la imperfección y obtener dos o tres piedras pequeñas, pero de calidad, despreciando el resto.

—¿Y usted? —preguntó Odermann—. ¿De qué lado se pone?

Azancot cabeceó lentamente antes de responder.

–Es curioso... normalmente, habría apoyado la segunda opción. Soy amigo de las tallas perfectas e imaginativas y, por el contrario, los tamaños grandes me impresionan cada vez menos. Pero en este caso... verán: hay en este asunto un detalle casi diabólico. Tengo la seguridad de que la mancha negra que tanto ensombrece el interior de nuestra «vaca suiza» en realidad es... otro diamante.

–¡Un diamante negro! –exclamó Odermann.

El judío miró al alemán con sorpresa.

–¿Sabía usted que existen diamantes negros? Mucha gente lo ignora.

–He oído hablar de ellos. Creo que la casa Hendriksen posee uno muy famoso.

Azancot asintió.

–Así es: el Rembrand. El mayor diamante negro del mundo y el más duro que se haya tallado nunca. Cuando se encontró, algunos dijeron que la escala de dureza de Mosh debería ampliarse hasta el once para darle cabida. Mi colega Van Nuus tardó tres años en tallarlo y pulirlo. Para hacerlo, tuvo que quitarle dos tercios de su peso inicial.

–Muy curioso, señor Azancot –dijo Günter Odermann con un rastro innegable de fastidio en la voz–. Pero estoy seguro de que no me han obligado ustedes a viajar toda la noche en un Talgo para escuchar anécdotas sobre talladores de diamantes.

Martínez y el judío cruzaron una larga, inteligente y silenciosa mirada antes de que el segundo de ellos volviese a hablar.

–Veo que tiene prisa. Una enfermedad de jóvenes. Está bien, trataré de ir al grano, *Herr* Odermann. Verá: tenemos aquí un diamante negro dentro de otro, digamos, blanco.

53

El de fuera se puede tallar y pulir pero ¿qué hacemos con el de dentro? Nada. Es imposible llegar hasta él. Y nos arruina la piedra entera.

Günter Odermann empezó a dar claras muestras de impaciencia mientras Azancot continuaba hablando cadenciosamente.

—El principal drama de mi profesión estriba en lo difícil que es prever el resultado final de una talla. Y en la imposibilidad de retroceder cuando se comete un error. Das el golpe de cuchilla y no hay vuelta atrás. Has decidido trabajar sobre una forma determinada: brillante, marquesa, *bagette*, la que sea... y ya nunca sabrás si has hecho la mejor elección.

—Apasionante —comentó Odermann en un tono cáustico que indicaba todo lo contrario.

—He pasado la vida luchando contra esa maldición y me complace anunciarles que, desde hace unas semanas, dispongo contra ella de un arma casi perfecta.

El judío se dirigió a uno de los rincones del despacho, allí donde un potente ordenador descansaba sobre una mesita auxiliar tan moderna y aséptica como el resto de la decoración del edificio.

Cuando lo puso en marcha, los mensajes de autochequeo saltaron en la pantalla sustituyéndose los unos a los otros hasta desembocar en una larga frase terminada en un signo de interrogación.

—Disculpen —dijo Azancot, ocultando de la vista de los otros el monitor de dieciocho pulgadas con su propio cuerpo—. Debo introducir mi contraseña.

Por medio del teclado, el tallador compuso una frase de veinte caracteres. Cuando dejó de nuevo a la vista la pantalla, un gran rótulo con su apellido la llenaba por completo.

—Reconozco la pedantería de haberlo bautizado con mi propio nombre pero me ha costado mucho dinero y tres años de duro trabajo perfeccionar este programa informático y, por una vez, me apetecía alimentar mi ego.

—¿Para qué sirve? —preguntó Weimar.

—¿El ego?

—El programa.

—¿No lo imagina? Es algo más que diseño asistido. Tiene que ver con la realidad virtual. Con él puedo tallar cada piedra una y otra vez. Probar, empezar de nuevo, darles una forma u otra, experimentar... y todo sin ningún riesgo. Contemplando los resultados en el monitor. Cuando por fin paso a trabajar sobre el diamante auténtico, ya sé con precisión qué es lo que voy a conseguir. Siempre que los cálculos sean correctos y que yo no cometa ningún error, claro. Y, modestia aparte, no suelo hacerlo.

—Pero con eso, se acabó la emoción —dijo Odermann—. Se terminaron las sorpresas.

El judío le lanzó una mirada suave.

—Ah. ¿Es que a usted le gustan las sorpresas? En mi trabajo, yo las odio. Cualquier sorpresa es siempre fruto de una metedura de pata.

Azancot trabajaba a considerable velocidad sobre el teclado del ordenador, introduciendo órdenes sin descanso. Odermann parecía cada vez más impaciente.

—Muy bien. Le felicito por su habilidad informática. Ahora,

no sé por qué, sospecho que nos va a hacer una demostración de su simpático programa. ¿Me equivoco?

—No se equivoca ni tanto así, señor Odermann. Y lo que les voy a mostrar es una de las innumerables pruebas de talla que he realizado sobre «la vaca suiza».

—¿Sabe? Me lo temía...

Azancot rió brevemente disponiéndose a zambullirse en su programa.

—Lo más laborioso del proceso es suministrarle al ordenador los datos iniciales. Para ello, he fotografiado la piedra por todos los lados, desde todos los ángulos. Más de cien veces. Y luego he hecho lo mismo con el diamante negro insertado en su interior. Esto último no ha sido fácil. He necesitado luz láser, rayos infrarrojos y rayos X pero creo que he logrado introducir en el programa la imagen completa de nuestro doble diamante. A partir de aquí, el resto es un juego de niños. Ahora, observen...

Desde hacía unos segundos podía verse en la pantalla la imagen tridimensional ampliada de «la vaca suiza» girando lentamente en torno a uno de sus ejes. Sobre esa imagen, Azancot comenzó a realizar cortes a golpe de tecla. Los pedazos de diamante se desprendían de la imagen central y desaparecían volando hacia los confines del monitor en un espectáculo curioso y llamativo.

Azancot parecía encantado. Como un niño jugando con su videoconsola.

—Fuera esto; esto otro y esto... —susurraba, acompañando sus gestos con palabras—. Y ahora... Vamos con lo más gordo.

El tallador introdujo una nueva orden a través del teclado de su ordenador y, al momento, un pedazo correspondiente a casi un tercio del volumen total del diamante se veía limpiamente separado del resto, acabando por desaparecer por el límite inferior de la pantalla.

—Aunque de este modo despreciamos una parte importante de la piedra, este drástico corte nos permite rozar la base del diamante negro y trabajar al menos en uno de sus extremos.

La imagen aumentó de tamaño.

—Cortamos aquí y pulimos este punto. Luego, seguimos puliendo el resto, para obtener una forma de... aproximadamente, de casquete elipsoidal. Y por fin... bien, ahí lo tenemos.

En la pantalla del monitor giraba ahora sobre sí misma una figura sensiblemente distinta de la inicial. Según como se mirase podía recordar un cencerro, un dedal, una escafandra antigua de buzo... pero a los tres hombres la imagen que se les vino a la mente fue, inevitablemente, otra.

—¿Qué le recuerda, señor Odermann? –preguntó Martínez.

Odermann sonrió levemente. De pronto, un chispazo de interés le había iluminado el rostro.

—Juraría que... que se parece... a la contera del capuchón de una de nuestras plumas modelo Grossen.

—Buen ojo.

—¿Y esa es su gran idea? –preguntó el alemán en un tono claramente despectivo–. ¿Una Odermann Grossen rematada por un diamante imperfecto?

Azancot carraspeó y, por primera vez, se mostró ligeramente molesto.

—Por favor, señor Odermann: preste atención a la pantalla y podrá ver cuál es mi idea por sí mismo.

El tallista tecleó una nueva serie de órdenes. En el monitor, lo que hasta ahora se representaba como un elaborado diseño geométrico, pasó a verse como un objeto real, con calidad fotográfica. De repente, solo con aquel cambio, el magnetismo del diamante se puso en marcha.

Günter Odermann sintió crecer su curiosidad instantáneamente. Ya no podía apartar los ojos del monitor.

La imagen comenzó a girar, muy despacio. El punto de vista se fue elevando, ascendiendo poco a poco por la superficie hasta coronar la cima, ofreciendo una visión perfectamente cenital de la piedra.

—Impresionante —reconoció Odermann. Y aclaró—: Me refiero a su programa informático, señor Azancot. «La vaca suiza» ha mejorado su aspecto ostensiblemente, desde luego, pero no acabo de comprender su entusiasmo y el del señor Martínez.

—Solo le pido un poco más de paciencia —rogó el sefardí—. Lo que está viendo en la pantalla es una representación engañosa. La forma, las proporciones... todo eso es correcto pero la imagen que aquí tenemos —golpeó la pantalla rápida y repetidamente con el dedo— es artificial. Falso. El encanto de un diamante no proviene de su forma o su volumen...

—... sino de su precio —atajó Odermann en una broma que no cuajó.

—... sino del modo en que la luz se comporta en su presencia —completó el tallista, dejando apenas patente su fastidio por la interrupción—. Un diamante es un laberinto transparente donde la luz queda atrapada de un modo casi mágico. Un diamante cambia de aspecto dependiendo de cómo lo iluminemos. No es el mismo de día o de noche, bajo luz intensa o en la penumbra, iluminado por la luna o a la luz de las estrellas. Eso es lo que voy a mostrarle ahora. Cómo iluminaría yo «la vaca suiza».

El tallista llevó a negro la pantalla oprimiendo de manera continua la flecha-abajo.

–Partimos de la oscuridad. Y ahora, vamos a crear la luz –murmuró.

Y la luz comenzó a crecer. Muy despacio. Primero se hicieron visibles tan solo las aristas de la piedra. Luego, el contorno al completo. Por fin, comenzó a iluminarse el interior del brillante y fue tal como Azancot había dicho: algo completamente distinto de lo anterior. Resultaba tan real que casi se podía tocar con la mano.

Entonces llegó el golpe de efecto preparado por el tallador. Tras introducir con rapidez una secuencia de cuatro cifras por medio del teclado numérico, la luz creció vertiginosamente y en el diamante apareció un resplandor hasta entonces imposible de imaginar.

Weimar fue el primero en reaccionar, lanzando una espontánea exclamación en alemán.

Martínez, pese a conocer ya el resultado, experimentó un intenso cosquilleo recorriéndole la espalda.

Odermann, sin poder evitarlo, se aproximó definitivamente al monitor, boquiabierto. Apoyando su mano sobre el aparato, sin apartar la vista de la pantalla, comenzó a sonreír.

–¡Por todos los demonios...! –exclamó–. ¿No es un truco? ¿Realmente puede usted conseguir eso en la realidad?

–Estoy convencido de ello, señor Odermann.

Los cuatro hombres cruzaron miradas tan brillantes como una piedra preciosa.

–Entonces... hágalo, Azancot –dijo el patrón de Odermann.

El judío asintió.

–De acuerdo. Deme dos meses de plazo.

–Dos meses. Ni un día más –le advirtió el alemán.

–Vaya... de repente, le veo impaciente –apuntó Martínez.

–Lo admito, lo admito. Han conseguido sorprenderme –dijo Odermann, con la mirada brillante y una sonrisa de oreja a oreja. Luego, se volvió hacia Weimar y Martínez. Su expresión indicaba que no cabía en sí de gozo–. Señores –continuó, frotándose las manos–, vamos a fabricar la estilográfica más extraordinaria que hayan contemplado los ojos del hombre.

–No se apresure –dijo entonces el tallador–. Supongo que, antes, querrá saber cuánto va a costarle el capricho.

Günter Odermann aún sonreía cuando negó rotundamente con la cabeza.

–No me distraiga con detalles de mal gusto, Azancot. Confío en que el precio sea el adecuado.

–Puede serlo mucho más si accede a conservar el nombre del diamante.

Odermann rió.

–¿Qué? ¡No me diga que pretende seguir llamándolo «la vaca suiza»!

El viejo descendiente de sefardíes rió sordamente.

–No era esa mi idea, *Herr* Odermann. No era esa mi idea...

Odermann Martínez

Cuando Martínez y los dos alemanes salieron de Coster, seguía lloviendo sobre Ámsterdam.

Caminaron lentamente hacia la acera de Paulus Potter, dando tiempo a que el automóvil de Odermann acudiese a recogerle.

—Enhorabuena, Martínez. Reconozco que ha dado usted en la diana, una vez más. Por cierto... supongo que habrá pensado ya en la compensación que espera recibir por mediar entre mi empresa y su amigo Azancot.

Martínez sonrió levemente.

—Ya que lo menciona... Lo cierto es que sí. Había pensado en ello.

—¿Y...?

—Bueno... Como sabrá, tengo una buena colección de estilográficas.

—No sea modesto, Martínez: sé que posee una de las mejores colecciones de Europa.

—Quizá lo sea, pero de modelos de precio razonable. Al fin y al cabo, solo soy un pobre comerciante, no un millonario, como lo son los verdaderos coleccionistas de series limitadas...

—Ande, ande, deje de llorar y suelte lo que sea de una vez, Martínez.

—... El caso es que siempre he soñado con poseer una Solitaire Exclusive. Me refiero a una de verdad, no de las que venden en Hong-Kong por trescientos pavos.

Odermann permaneció impasible durante unos segundos. Acto seguido, estalló en una sincera carcajada.

–¡Es usted único, Martínez! ¿Pretende valorar su labor de mediación en cien mil dólares?

El español recogió la negativa con una larga y silenciosa sonrisa.

–Supuse que le parecería demasiado así que... me conformaré con una de sus estilográficas Grossen.

–Eso me parece más razonable.

–Me refiero a una Grossen... de platino.

Odermann apretó los dientes como una fiera.

–Seamos serios, Martínez –ladró–. Todavía está hablando de una estilográfica de diez mil dólares.

–Diez mil dólares, al público. A ustedes les supone menos de la mitad.

–Con todo, creo que sobrevalora su actuación en este asunto, Martínez. Ande, ande, reflexione y verá como lo que usted ha hecho por mí no es para tanto.

Martínez cruzó con Weimar una mirada encendida mientras se rascaba la coronilla, totalmente huérfana de cabello.

–Dejaré de hacer el idiota, entonces. ¿Puedo preguntarle directamente en cuánto valora usted mis... desvelos en este asunto, *Herr* Odermann?

El alemán no dudó su respuesta ni un segundo.

–Había pensado regalarle un ejemplar de nuestra próxima serie limitada anual. Con un número bajo, desde luego.

Martínez alzó las cejas, falsamente impresionado.

–¡Hola! ¡Una pluma de mil quinientos dólares!

–Que se revaloriza rápidamente, no lo olvide.

Martínez dio la espalda a Odermann, como si estuviese sopesando su oferta, pese a que ni por un solo instante se le había pasado por la cabeza tenerla en consideración. Decidió jugar su última baza.

–Es una generosa oferta, Odermann. Sin embargo, le voy a defraudar: no quiero una estilográfica.

–Ah, ¿no? ¿Qué, entonces? ¿Dinero?

–¿Dinero? ¡No, por Dios! Ya veo que por ese camino no hay mucho que hacer con usted. Lo que quiero pedirle no le costará ni un duro, se lo garantizo.

El alemán pareció comprender.

–¡Ah, no...! Ya le veo venir, Martínez. Pero eso, no. Ni lo sueñe.

Martínez alzó las cejas.

–Aún no le he dicho de qué se trata.

–Me lo imagino. ¡Y bajo ningún concepto pienso llamar modelo Martínez a nuestra estilográfica irrepetible! Por ahí no paso.

Martínez rió estentóreamente, una vez más.

–Mi vanidad no llega a tanto, Odermann. Ahora es usted el que me sobrevalora.

–Está bien –gruñó el alemán–. Sorpréndame, por favor.

El español volvió a sonreír, aunque le costó bastante trabajo.

–Se trata de algo mucho más sencillo: me gustaría que la presentación mundial de esa maravillosa pluma, se llame como se llame finalmente... se hiciera en mi ciudad. Concretamente, en mi modesto establecimiento.

Ahora, Odermann, realmente sorprendido por la propuesta, tardó más tiempo en responder.

–La tienda debe de ser lo único modesto que tiene usted, Martínez. Pero la respuesta sigue siendo no.

—¿Puedo insistir?

—Puede hacerlo. Pero no por ello piense que va a conseguir su propósito. No pienso hacer la presentación de la más extraordinaria estilográfica de la historia en una pequeña tienda de una capital de provincia española. Ni lo sueñe.

Cuatro: el plan

Marzo de 1998
Zaragoza, Unión Europea

Cita inesperada

–Diga.

–¿Carlos? ¿A que no sabes quién soy?

No pude evitar echarme a reír.

–¿Cómo no voy a saberlo? No tengo muchas amigas con acento siciliano. ¿Qué tal estás, Loredana?

–*Va bene, caro.* Oye... ¿Podemos quedar esta tarde? Tengo que hablar contigo de un asunto importante.

Sentí que se me fruncía el ceño sin desearlo.

–Pues... bueno, sí, claro. Pero, oye, ¿desde dónde me llamas? ¿Estás en España o...?

–No, no. Te llamo desde mi casa.

A veces, Loredana podía ser cruelmente bromista, así que decidí ponerme en guardia.

–A ver si lo estoy entendiendo bien: dices que estás en tu casa... en Palermo.

–Sí.

–Y entonces... ¿cómo piensas quedar conmigo esta tarde? ¿Por videoconferencia?

–Ay, Carlo, cariño... ¿No sabes que existen unos artefactos llamados aviones que permiten trasladarse rápidamente de un lugar a otro?

–¡Ah, sí, sí...! Los famosos aviones. He oído hablar de ellos, en efecto. Son esos artilugios que siempre despegan con retraso.

–Si cojo un vuelo ahora, a las once, puedo comer en Barcelona, y llegar a media tarde a Zaragoza.

–¡Bueno...! ¡Me encanta la idea!

–¿Qué te parece si quedamos a las siete en el Tango?

–No, mujer. Te iré a recoger al aeropuerto o a la estación de tren. Llámame desde Barcelona y dime a qué hora llegas...

–No, Carlos, *caro mio*, no te molestes. Escucha: a las siete en punto le dices a tu padre que tienes que salir media hora de la tienda y te acercas al Tango. Yo estaré allí esperándote.

–Pero...

–No le digas que vas a verme. No le digas que has hablado conmigo. No le digas que voy a ir a Zaragoza. No le digas nada de esto a nadie. ¿De acuerdo?

Esta vez, permanecí un buen puñado de segundos en silencio antes de continuar.

–¿Qué es lo que pasa, Loredana? ¿A qué viene tanto misterio?

–Es un secreto. Puedo confiar en ti, ¿no? Esta tarde, en el Tango, te lo contaré todo.

–¿No puedes adelantarme algo?

–No, no puedo. Bueno, sí puedo, pero no quiero. Va, no seas impaciente.

–Oye... No estarás pensando pedirme que me case contigo ¿verdad?

Loredana rió de esa forma cantarina que me nublaba la vista, incluso cuando su risa llegaba a través de la línea telefónica.

–No, hombre. Si se tratase de eso, te lo diría por teléfono.

Olvídame (Tango)

–Papá...

–¿Mmm...?

–Estooo... como no hay mucha clientela, me voy a tomar un café, ¿vale?

–Pero si a ti no te gusta el café.

Así es mi padre. Siempre te sale por donde menos te lo esperas.

–Sí, sí, bueno... es... es una forma de hablar, hombre, ya me entiendes. Quiero decir que me voy a tomar... lo que sea.

–Ah, bueno. Si es lo que sea... ¿Y a dónde vas? Por si te necesito.

–Al Tango. ¡Digo no! A otro sitio. A otro sitio que no es el Tango. A... al Praga. Es que en el Tango dan muy mal café... bueno, no es que den mal café, es que como no me gusta el café pues... pues eso. Así que me voy al Praga. ¿Estamos? Volveré antes de que cierres. Supongo.

–¿Con quién has quedado?

–¿Quedar? ¿Yo?

–Sí. Quedar. Tú. Seguro que has quedado con alguien, porque sería la primera vez que te vas solo a un bar. Venga, confiesa. ¿Con quién has quedado?

–Con una amiga. Un amigo.

–¿Lo conozco?

–No.

–O sea, que sí. Pues le das recuerdos de mi parte.

–Vale...

Mi padre me despidió dedicándome una mirada realmente... inconmensurable. O algo parecido.

Mientras me acercaba al bar Tango, situado apenas a cinco minutos andando de la tienda de estilográficas de mi padre, me iba preguntando si acaso Loredana no me habría querido gastar una broma con su llamada de esta mañana. Ahora me parecía absolutamente descabellado que, salvo repentina pérdida del juicio por su parte, ella hubiese tomado dos aviones y viajado durante nueve horas solo para compartir conmigo un café. O ni siquiera eso porque, en realidad, a mí no me gusta el café.

Ahora que lo pienso... ¿Cómo podía yo soñar entonces en ligar con una italiana sin apreciar el buen café? Quizá más que la *pizza* o la pasta, es su forma de preparar el café lo que mejor define la superioridad de los italianos sobre el resto del género humano a la hora de paladear los placeres de la vida.

Antes de llegar a mi destino ya me convencí de que no

se trataba de una broma siciliana. En mi aproximación al bar en que habíamos quedado, me bastó comprobar las miradas que los transeúntes masculinos lanzaban al interior del establecimiento al pasar ante el Tango para llegar a la inevitable conclusión de que, en efecto, Loredana Spadolini estaba allí. En persona.

Era el Tango un café discreto y, al tiempo, con el suficiente ambiente como para poder hablar con libertad sin necesidad de estar pendiente de las miradas ajenas. Sin embargo, hallándose Loredana de por medio, cualquier intento de discreción, de pasar desapercibido, estaba condenado de antemano al fracaso.

A hurtadillas, la estuve observando desde la calle, a través del cristal del escaparate. Era tan hermosa... Hay mujeres que tienen un algo indefinible que atrae irremediablemente a algunos hombres aunque deje indiferente a la mayoría. Otras, poseen ese atractivo universal en el que la mayoría de los hombres estaríamos de acuerdo y ante el que solo un reducido grupo de raros se resistiría. Por último, están las chicas como Loredana, un puñado de ellas en todo el globo terráqueo, sobre las que hay unanimidad de criterio masculino. Nunca he conocido ni espero conocer a un solo hombre de cualquier raza o credo al que no le atraiga Loredana desde la primera mirada.

—Estás preciosa, como siempre —le dije al oído, tras acercarme a ella por detrás, sin ser visto—. Cada vez que paso más de quince días sin verte, me sorprendo. Como si te descubriese de nuevo en cada encuentro.

Sonrió y fue la suya una sonrisa cansada. Lógicamente cansada tras aquel viaje inverosímil. Me besó brevemente en los labios y, en ese instante, me sentí blanco de la envidia de todos los hombres allí presentes.

Ella sí pidió café. Yo opté por la cerveza sin alcohol. Al principio hablamos de vaguedades, aunque no recuerdo exactamente de cuáles porque me encontraba en estado de total y absoluto embeleso, algo inevitable durante los primeros quince minutos de cada uno de mis reencuentros con Loredana. Pasado ese primer cuarto de hora, yo solía ser capaz de volver a utilizar el cerebro de modo más o menos racional pero, hasta ese momento, me sentía imposibilitado para hilar otro pensamiento que no fuera el de la suerte que yo tenía de ser el chico de Loredana. Bueno... al menos, el chico de Loredana en España, porque yo estaba convencido de que en Italia tendría al menos otra media docena de novios ocasionales.

Por sorpresa, como casi todo lo que hacía, ella decidió que era momento de entrar en materia.

–Oye, Carlos, escúchame... supongo que ya imaginarás que no he volado desde Sicilia hasta aquí solo para tomarme un café contigo.

–¿Ah, no? ¡Qué desilusión!

–Y, que conste, estoy encantada de verte. Hay días en que te echo muchísimo de menos.

–Qué mal mientes. Yo sí que te echo de menos pero, para lo que me sirve... En fin, a ver, dime qué es eso más importante aún que yo mismo.

Loredana tomó aire antes de la explicación.

–Verás... he sabido que Günter Odermann va a presentar su último capricho aquí, en Zaragoza. En vuestra tienda. Dentro de veintidós días.

La precisión no me pasó inadvertida y me obligó a ponerme en guardia.

–Si te refieres a la nueva estilográfica de su empresa, así es. Todo un honor para nuestro establecimiento. «Amsterdam Solitaire», se llama la pluma. Y creo que es una pasada.

–¿Una... pasada?

–Quiero decir que es... que está muy bien. Impresionante. *Demasié*. Maravillosa.

–¡Ah, ya! Sí, debe de serlo –comentó ella, sin el menor entusiasmo. Y, acto seguido, se humedeció los labios en café antes de continuar.

–Ese era un proyecto de mi padre –soltó entonces.

No es que fuera lo último que esperaba oír, pero lo cierto es que me pilló por sorpresa.

–¿Cómo dices?

–Lo que oyes. Esa pluma tendría que haber sido una Montesco. El verano del año pasado durante un viaje en velero, mi padre les habló de ese proyecto a un grupo de amigos entre los que estaba Odermann. Y al muy asqueroso le ha faltado tiempo para robarle la idea.

Inmediatamente, tuve la sensación de estar pisando terreno resbaladizo.

–Vaya... No sabía nada.

–Por supuesto que no. No me imagino a Odermann pregonando a los cuatro vientos que su nuevo modelo es un plagio de la competencia. ¡Maldito sea! ¡No sabes el

71

odio que le tengo! Solo con mencionar su nombre siento que me sube una fiebre de cuarenta grados.

–Mujer...

–No lo defiendas, ¿eh? ¡No se te ocurra defender a ese asqueroso!

–No, no, si no lo defiendo –me apresuré a corregir, alzando las manos–. Es solo que... me gustaría saber qué tienes contra él. Para poder odiarle yo también.

–¿Yo contra él? ¡Él contra nosotros, querrás decir! ¡No es más que un condenado nazi! No podía soportar la idea de que un italiano como mi padre, un italiano del sur, además, se introdujera con éxito en su mismo negocio. Lo que pasa es que el tío es hábil y disimula bien. Puede hacerse pasar por tu amigo y te costará descubrir que solo está representando una comedia, disimulando, esperando el menor descuido para asestarte una puñalada.

–Caray...

–Desde que Montesco se decidió a entrar en el mercado de las plumas de coleccionista, toda su obsesión ha sido acabar con nosotros. ¿Recuerdas el desastre de la serie limitada Julio César, el año pasado?

–Claro que me acuerdo. ¡Menudo follón! Habíamos reservado dos ejemplares para nuestros mejores clientes. Casi se nos comen cuando les dijimos que no tendrían su pluma.

–Pues... fue cosa suya.

–¿De Odermann? ¡Vamos...!

–¿No me crees?

Me dejé caer contra el respaldo de la silla mientras suspiraba largamente. Mirándola.

–¿Tienes alguna prueba?

–No necesito pruebas. Lo sé. Me lo dice mi intuición. No sé cómo lo hizo, pero fue él. El condenado alemán.

–La versión que nos llegó fue que vuestro importador americano le vendió dos terceras partes de los ejemplares de la serie a un jeque árabe.

–Y yo te digo que se las dio a Odermann.

–Ah.

–¿No me crees?

Por Dios, cómo me gustaba aquella chica. Desde el mismo día, hacía ya año y medio, en que coincidimos en una deslumbrante fiesta ofrecida en Colonia por la casa Faber-Castell, no había podido quitármela de la cabeza. Desde ese momento me había preguntado incontables veces cómo habiendo tantas españolas guapísimas y encantadoras, yo había tenido que caer rendido ante una italiana a la que, como mucho, podía ver cuatro o cinco veces al año.

–Yo no he dicho que no te crea.

–Pero lo piensas.

–Que no, Loredana, que nooo. Y no empieces a decirme lo que pienso.

Era la boca. Tenía que serlo. Loredana poseía no sé qué en la boca, en los labios, en el borde mismo de los labios, en los dientes, en las comisuras o por ahí cerca, que me producía un irresistible y continuo deseo de besarla apasionadamente. Y aquel pelo suyo rizado, largo y negrísimo; y su forma de reírse; y su acento siciliano al hablar en español...

–No me vengas con evasivas, Carlos. Necesito que confíes en mí. ¿Vas a hacerlo o no?

Como es bien sabido, cuando uno se enamora se vuelve idiota; pero no hasta el punto de negarle la confianza a la chica de tus sueños cuando te la pide abiertamente.

–¡Qué cosas tienes! Claro que confío en ti, Loredana –proclamé con firme convicción–. Confío en ti con los ojos cerrados.

–¿En serio? –la insistencia tenía ya un tono algo meloso.

–Por completo. Si tú dices que Odermann os reventó la operación Julio César, yo me lo creo. Y si me aseguras que Odermann asesinó personalmente a Julio César, también me lo creo. ¡Faltaría más!

Ella rió como un cascabel.

–Eres un encanto –dijo, lanzándose a morderme la yugular.

–¡Ay! ¡Loredana, por favor! –supliqué, intentando zafarme de su ataque–. ¡Aquí no! ¡No!

Debió de ser eso que la gente llama «un flechazo» porque ya en aquella fiesta de Colonia bailamos hasta que los músicos de la orquesta nos rogaron que les permitiésemos irse a dormir. Pero, una vez a solas, seguimos charlando en los jardines del hotel hasta el amanecer; y justo con el primer rayo de sol, sin hacer mucho caso de los huéspedes madrugadores que nos miraban desde el bufet de desayunos, nos besamos interminablemente. Quizá desde aquellos besos quedé enamorado irremisiblemente de la boca de Loredana. Y de todo lo demás. De ella entera.

–¡Huy...! Vaya marca que te he dejado en el cuello. Chico, pareces de mantequilla.

–¿Qué? ¡Oh, no! –exclamé, contemplándome el moretón en el espejo que decoraba una columna cercana–. ¡Serás caníbal! Fíjate lo que me has hecho. Y ahora... ¿qué le digo a mi padre?

–¿A tu padre? –preguntó ella, riendo–. Cualquier cosa, menos que he sido yo. Ya te he dicho que estoy de incógnito en España. En viaje relámpago. Dentro de un rato cojo un expreso nocturno hacia Barcelona y mañana por la mañana, el avión a Palermo. A mi padre solo le he dicho que me iba a dormir a casa de una amiga.

–Pues no sabes la que se va a organizar en mi casa con el dichoso mordisquito. Maldita sea... si estuviésemos en invierno podría ponerme una bufanda...

–No será para tanto...

–¿Que no? A ver si te enteras de una vez de que mi padre te adora y está ilusionadísimo con la posibilidad de que tú y yo nos casemos algún día.

–¡No me digas!

–Chica, es de lo más lógico. Mi padre no puede soñar mejor pareja para su hijo que la heredera de un prestigioso fabricante de estilográficas. Para un enamorado de las plumas como él, es como emparentar con la nobleza.

–Anda qué gracia... ¿Y eso qué tiene que ver con el chupetón del cuello?

–¡Todo! Porque cuando mi padre me vea con tu «recuerdo», se va a pensar que he estado achuchándome con otra y se pondrá como una fiera.

Luego, al despedirnos tras aquella noche alemana de bailes y besos, Loredana y yo quedamos en una extraña situación, sin haber aclarado suficientemente si preferíamos ser amigos, enemigos, novios formales, novios ocasionales o ninguna de esas cosas.

–¡Pobre Carlos! No sabes cómo lo siento –dijo ella en un tono que indicaba todo lo contrario–. No se me ha ocurrido pensar en las consecuencias. Ha sido un arrebato.

–¿No puedo decirle a mi padre que la del mordisco has sido tú? Anda, por favor... Se quedaría encantado.

–Ni hablar. Nadie debe saber que he estado aquí. Y, mucho menos, contigo. Forma parte del plan.

La miré, parpadeando.

–¿Plan? –dije, con la voz temblorosa–. ¿Qué plan? ¿Es que hay un plan? ¿Un plan para qué?

–Ah. Aún no te lo he dicho, ¿verdad? Pues... resulta que tengo un plan para robar la nueva pluma de Odermann.

Reconozco que ni siquiera me molesté en disimular el escalofrío atroz que me recorrió el cuerpo desde los talones a la coronilla tras las palabras de Loredana.

–¿Cómo? –dije, levantándome y volcando la silla–. Pero ¿qué estás diciendo, insensata? ¿Que tienes un plan para robar la Amsterdam Solitaire?

–¡Chssst...! ¡Calla, maldito! –gruñó Loredana entre dientes–. ¿Quieres que se entere todo el mundo?

Con el bar entero dando vueltas en mi cabeza a treinta y tres revoluciones por minuto y todos sus clientes apiadándose de mi estado mental, volví a sentarme, sofocado, sonrojado y azoradísimo. Me faltaba el aire.

–¡Ay...! ¡Ay, madre mía...! ¿Sabes? Creo que he tenido una alucinación. Una alucinación auditiva. Me ha parecido oírte decir que ibas a robar la Amsterdam. ¡Ja! ¿No es gracioso?

–Yo no he dicho que fuera a robar esa pluma...

–Claro que no, Loredana, claro que no. Ha debido de tratarse de una psicofonía, ya te digo.

–Lo que te estoy diciendo es que la vamos a robar entre los dos. Tú y yo.

–¡Aaaaaah! –grité.

–¿Te quieres callar? –exclamó ella, lanzándose a taparme la boca con ambas manos.

Todos los parroquianos del Tango me miraban de nuevo. La mayoría debían de estar convencidos de que me ocurría algo grave. Y no andaban muy descaminados.

A grito pelado, le pedí al camarero una infusión de tila. Con tres bolsitas. Luego, me volví hacia ella.

–Tengo una idea, Loredana, cielo. ¿Por qué no me lo explicas todo desde el principio mientras yo intento serenarme?

77

–¿Desde el principio, principio? Quizá resulte muy largo...

Le tomé la mano entre las mías y traté de conmoverla con una mirada tórrida.

–Aguantaré –prometí.

Loredana estuvo hablando casi media hora. Cuando terminó su relato consulté mi reloj. Mi padre debía de estar a punto de cerrar la tienda.

–Interesante tiparraco, ese Odermann –comenté.

–¿Interesante? Para el que se interese por los reptiles, será –sentenció Loredana.

La chica de mis sueños me miró al fondo de los ojos. Muy al fondo. Sentí sus pupilas acariciando el interior de mi hueso occipital.

–Bien. Ahora ya lo sabes todo. ¿Me vas a ayudar a robar la pluma de Odermann? –me preguntó, a bocajarro.

–Qué remedio... –respondí, antes de meditar la respuesta.

Loredana me dio un beso. Pero un beso, beso. La compasión que hasta ese momento me prodigaban los presentes, se tornó de inmediato en odio feroz y envidia de la peor especie.

–Sin embargo, me gustaría que apoyases mis ideas con un poco más de entusiasmo –concluyó ella, mientras yo trataba de recuperar el aliento.

–No sé qué entusiasmo quieres que muestre hacia una idea que nos va a llevar de cabeza al trullo.

–¿Trullo? ¿Qué es el trullo?

–El hotel La Reja. La trena.

–¿Trena?

– ¡La cárcel, caray!

–¡Ah, ya...! De eso, nada, Carlos, *mio caro*. Ni pensarlo. Si elaboramos nuestra estrategia minuciosamente, el resultado no puede ser otro que la victoria.

–Ya. ¿No fue eso lo que dijo Napoleón antes de la batalla de Waterloo?

–Y tú no estarás comparándome con Bonaparte, ¿verdad? A diferencia del corso, cuando yo me propongo algo, lo consigo.

Loredana volvió a sonreír encantadoramente mientras rebuscaba en su bolso, del que sacó un sobre grande de papel marrón.

–Toma.

–¿Qué es? ¿Tu testamento? ¿Me conviertes en tu heredero universal?

–Es lo que quiero que consigas antes del día de la presentación de la Amsterdam Solitaire. No me falles. Tenlo todo listo, por favor.

Abrí el sobre. Contenía cinco folios mecanografiados por una cara con algunas de las exigencias e instrucciones más inverosímiles que imaginarse pueda, junto a una lista de compras que abarcaba desde el alquiler de un piso a la adquisición de cosas tan dispares como un taladro eléctrico profesional o un paraguas de primera calidad.

–No entiendo nada. ¿Para qué necesitas todo esto?

–No hace falta que entiendas nada, cariño. Limítate a confiar en mí –dijo, levantándose–. Y ahora, sintiéndolo mucho... tengo que irme ya. Mi tren sale dentro de cincuenta minutos. Nos veremos dentro de veintidós días.

—¡Espera, espera! No puedes marcharte así. Tienes que contarme más.

—Ahora no tengo tiempo. Si tienes alguna duda, envíame un correo electrónico.

-¿Eh? Pero...

—Mientras tanto, quizá convendría que alquilases *Rififí* en un videoclub y la vieses con atención. Dos o tres veces.

—¿*Rififí*? ¿Qué es eso?

—Una película de atracadores. Francesa, por más señas. Eso te dará una idea de lo que nos espera.

Segunda parte:
La urna de cristal grueso

Cinco: la invitación

Abril de 1998
Zaragoza, Unión Europea

Tan solo cuatro palabras

Me llamo Fermín Escartín y soy detective privado.

Lo primero que he pensado al descubrir en mi buzón la lujosa invitación elaborada en cartón cuché, es que el cartero se había equivocado de destinatario. Sin embargo, debo reconocer que Nicolás, el cartero de esta zona, es un fenómeno digno de aparecer condecorado en los anuarios del servicio de Correos y que jamás ha errado un envío, que yo recuerde. Por otro lado, un detenido examen del sobre, lupa en mano, me lleva a la conclusión de que, efectivamente, el hecho de que se encuentre entre mis manos no es debido a error postal alguno, dado que mi nombre y dirección aparecen bien claritos en el espacio reservado al destinatario. Por tanto, deduzco brillantemente que quienes han cometido la garrafal equivocación han debido de ser, a la fuerza, los organizadores del acto publicitado.

Estilográficas Odermann y La Estilográfica Moderna

tienen el placer de invitarle a la presentación
mundial de la excepcional estilográfica

Odermann Amsterdam Solitaire

Eso indica la leyenda del aparatoso díptico de cartulina que viene en el sobre acompañado por la fotografía de una pluma que parece sacada del tesoro de la corona británica.

Debajo, en una esquina, la fecha de mañana y una hora. Bueno, una hora cualquiera, no: las ocho de la tarde.

No pierda la oportunidad de contemplar
un maravilloso objeto de escritura,
al tiempo que una joya única e irrepetible,
coronada por el Azancot, uno de los más
singulares diamantes jamás tallados.

Inaudito. Y no me refiero al hecho de que alguien haya bautizado un diamante del tamaño de un adoquín con un nombre tan feo.

Aquí hay algo raro. Muy, muy raro. Mi inquisitiva mente de detective se ha puesto en marcha de inmediato. La pregunta primordial es: ¿por qué demonios me han enviado esto a mí? ¿Acaso esta gente intenta venderme una pluma forrada de brillantes?

Pues van buenos...

Aunque reconozco que siempre me han fascinado las estilográficas espectaculares, en mi actual situación económica, una pluma escolar de cartuchos es un lujo que no me puedo permitir. O, por decirlo más claramente: mi economía personal ha llegado a ese punto –quizá sin retorno– en el que empiezas a ver un bolígrafo de plástico con propaganda de «Pescaderías José Luis» como un regalo práctico y atractivo.

Y el caso es que, desde que dejé el departamento de Hispánicas de la Facultad de Letras por disensiones irreconciliables con el catedrático Malumbres sobre el correcto uso del pluscuamperfecto de subjuntivo para dedicarme a investigar por lo particular las andanzas de empleados infieles, esposos traidores y otros asuntos similares, he de reconocer que trabajo no me ha faltado. Debe de ser porque este es un mundo lleno de traiciones e infidelidades.

Mi problema actual radica en que últimamente no he sido capaz de hacer coincidir en el mismo caso un brillante resultado final con un cliente económicamente solvente. Vamos: que los casos que resuelvo no me los pagan y los que quizá me pagarían, no los resuelvo.

Como consecuencia irremediable de todas estas circunstancias, mi situación económico-financiera puede definirse en cuatro palabras: estoy a dos velas. O, como diría un castizo: más tieso que la mojama.

Y ahora, los del díptico de cartón satinado, al parecer, me quieren vender una pluma que debe de costar más que el piso que me dejó en herencia mi difunto padre en pleno casco viejo zaragozano. No te digo... Desde luego, el encargado de la confección del *mailing* selectivo se ha metido conmigo un patinazo que ni el de Carlos Sainz en aquel Rally de Cataluña de tan infausto recuerdo.

Cuánto incompetente suelto hay por el mundo...

El teléfono. Está sonando. ¡Qué raro! Creía que me lo habían cortado por falta de pago.

A rayas

Me cuesta un buen rato encontrarlo. Por fin, localizo el aparato bajo un montón de ropa por lavar.

–Diga.

–¿Señor Escartín? ¿Don Fermín Escartín? –pregunta una voz con timbre de locutor radiofónico.

–Al aparato.

–Soy Martínez, el dueño de La Estilográfica Moderna. Solo quería saber si ha recibido la invitación que le hemos enviado para el acto de presentación de la pluma Amsterdam Solitaire.

Me tomo cinco segundos para meditar sobre el tema. Esto no puede ser casualidad. Carraspeo para ganar tiempo.

–¡Ah, eso! Sí, sí, sí, sí, sí... La invitación para... ya, ya, ya, ya... En efecto, una de mis secretarias me lo ha pasado con la correspondencia de la mañana. Acabo de leerlo, precisamente. Curioso asunto. Y ¿qué es lo que se le ofrece, exactamente?

—Me gustaría saber si podemos contar con su presencia en dicho acto. El aforo de mi establecimiento es limitado y necesitamos confirmar la asistencia de los invitados.

¡Ja! Vas bueno, si crees que voy a caer en la trampa.

—¡Oooh...! ¡Cuánto lo siento, amigo Martínez! Me va a resultar imposible —respondo, pletórico de reflejos—. Imposible por completo. Precisamente, estaba terminando de hacer la maleta para salir esta misma tarde de viaje hacia Vladivostock. En el ferrocarril transiberiano, como es lógico.

—El transiberiano, ¿eh? ¡Qué bonito!

—¿Ha viajado usted alguna vez en el transiberiano?

—No. Pero la esposa de un amigo mío tiene un tío carnal que estuvo a punto de hacerlo.

—Entonces, ya sabrá que siempre sale puntual. Lo siento en el alma, Martínez. Otra vez será.

—Más lo siento yo. Estamos intentando reunir en este acto a todos los zaragozanos propietarios de una estilográfica Odermann de serie limitada. Según nuestros archivos, usted compró un ejemplar del modelo Cleopatra en el año noventa y dos.

¡Huuuy...! Esto me suena a encerrona. Tendré que andarme con pies de plomo.

—¿Una estilográfica Cleopatra? ¿Quién, yo? ¿Está usted seguro?

—Segurísimo.

—Dígame: ¿suele usted sufrir alucinaciones con frecuencia, señor Martínez?

—A veces, si me paso con las aspirinas. Pero en lo suyo con la Cleopatra tengo seguridad absoluta. Figura en mi registro de clientes. Además, fui yo, personalmente, quien le vendió aquella maravilla de estilográfica.

—Mire, Martínez, lo siento pero no recuerdo...

¡Zas! Rectifico: sí lo recuerdo. En este mismo momento, la imagen me acaba de volver a la mente con la velocidad y precisión de un cometa sideral. Es cierto. Hace... no sé, siete u ocho años, para celebrar mi primer éxito como detective privado, compré una pluma carísima. Tiene que ser esa.

Supongo que muchos de ustedes recordarán el «asunto Galindo», aquel en el que un famoso empresario podrido de millones resultó secuestrado y muerto. Salió en todos los periódicos. Pues bien, la resolución de aquel enigma fue cosa mía y el agradecimiento mostrado por la compañía de seguros encargada de pagar el rescate me permitió liquidar todas mis facturas pendientes (entonces no eran tantas como ahora) y aún me sobraron unos pocos cientos de miles de pesetas.

Todavía no me explico cómo (seguramente aprovechando mi debilidad por el vermú casero) cierta noche un tal Martínez me convenció para gastar cuarenta mil duros de aquellas ganancias en una de las estilográficas que él vendía en su establecimiento de la calle de Méndez Núñez. ¡Doscientas mil pesetas! Lo recuerdo y aún no puedo creerlo. Aquel tipo alto, calvo y con gafas me dio la paliza en un bar durante dos horas y media hasta que por fin, derrotado por su insistencia y por mi elevada tasa de alcohol en sangre, lo acompañé a su tienda a las tres de la madrugada, levantamos la persiana y me llevé la estilográfica. ¡Menuda nochecita!

También recuerdo que, cuando desperté al mediodía siguiente y comprobé lo que había hecho, corrí a la tienda de Martínez como un desesperado para intentar deshacer el negocio. Sin embargo, él me convenció de que no lo hiciera, asegurándome que se trataba de una buena inversión.

Y lo fue. Ya lo creo que lo fue, tengo que reconocerlo. Tres años después, vendí la Cleopatra de marras nada menos que por el triple de su precio de compra evitando de este modo morir de inanición en uno de los peores momentos de mi ya larga crisis profesional.

En definitiva, el asunto de la estilográfica Cleopatra fue uno de los poquísimos buenos negocios que he hecho en mi vida.

–Ahora lo recuerdo, señor Martínez. ¡Claro que sí! Estupenda estilográfica, desde luego... sin embargo, mucho me temo que me sea imposible asistir a su fiesta. Como ya le he dicho, salgo de viaje esta misma tarde hacia...

–Habrá canapés variados, Escartín –me interrumpe él.

Siento una intensa convulsión interior al escuchar tan mágica palabra: canapés. Canapés variados. Y gratis, se sobreentiende. Mi maltratado estómago ruge de inmediato como un hincha del Manchester United.

–Canapés, ha dicho usted...

–Los voy a encargar en casa Fantoba –silabea mi interlocutor.

–¡Dios mío...! –me oigo gemir a mí mismo, ante la mención del nombre de la mejor pastelería de la ciudad–. Martínez, es usted un fenómeno. Creo que pospondré hasta el verano próximo mi viaje a San Petersburgo.

–¿No era a Vladivostock?

–¡Qué más da donde fuera, Martínez, no sea picajoso! Los amigos son lo primero, yo siempre lo digo. ¡A la porra con Rusia y sus países satélites! Oiga, a esa fiesta suya... ¿hay que acudir vestido de etiqueta?

–En absoluto. Basta con traje y corbata.

–Magnífico. ¿Puede prestarme una corbata? Ayer le regalé la mía a un pobre.

–¿Rayas o topos?

–Rayas.

–Cuente con ella.

–Y usted, conmigo. Hasta mañana, Martínez.

–No falte, Escartín.

Seis: la pluma

Al día siguiente

La envidia de todos

Aunque el único traje que conservo está flamante por la falta de uso, quizá ha quedado algo demodé. Será por eso por lo que tengo la molesta sensación de parecer un revisor de la compañía de tranvías al lado de la gente que ha acudido esta noche a ver la condenada estilográfica. Creo que hasta los camareros que pasean las bandejitas rebosantes de canapés de Fantoba están más elegantes que yo.

¡Qué digo! ¡Hasta Martínez está más elegante que yo!

Por ahí se acerca, precisamente, todo sonrisa.

–¡Escartín! ¡Qué alegría verle!

Me da un abrazo que me deja sin respiración. Para compensarlo, acto seguido me palmea la espalda con tal contundencia que me desabrocha los botones del chaleco.

–¿Qué tal? ¿Se divierte?

–¡Buf! ¡No vea! Como un gorila en lo alto del Empire State Building –digo, con un hilillo de voz.

–¿Ha traído la Cleopatra?

–Creía que la invitación era para una sola persona.

–Hablo de la pluma.

–¡Ah! La pluma... pues... no. No se me ha ocurrido –respondo, tratando todavía de recuperar el aliento–. No pensaba que tuviese que firmar ningún autógrafo.

–Una lástima, Escartín, una lástima. Habría presumido con ella lo indecible. ¿Le cuento un secreto? Pese a los aires de millonarios que se dan, la mitad de los que están aquí se dejarían arrancar las muelas sin anestesia por tener una pluma como la suya. ¿Sabe lo que se está pagando ahora por una de esas estilográficas?

Como Martínez, que parece contentísimo, habla a voz en grito, todos cuantos nos rodean se han enterado de que soy el afortunado poseedor de una Odermann Cleopatra. O debería serlo, al menos. Y, en efecto, desde ese momento, las mujeres me miran con envidia y los hombres, con deseo. O al revés, quizá. Mi traje ya no me parece tan vulgar y pasado de moda como hasta ahora.

–Pues no, no sé cuánto puede valer ahora, Martínez. Sé lo que se pagaba por ella hace cuatro años. Pero desde entonces, no he vuelto a preocuparme por ese tema.

–En estos momentos, una Odermann Cleopatra se cotiza a un precio casi obsceno. Es una pluma muy, muy buscada, se lo garantizo. Si algún día quiere desprenderse de la suya, venga a verme, ¿eh?

–Lo haré.

–Estupendo. Luego le presentaré al jefe. Al señor Odermann. Tiene mucho interés en conocerle.

–¿A quién? ¿A mí?

–Es que le he hablado maravillas de usted, Escartín –me dice Martínez en un tono misteriosísimo–. Nos vemos después de los discursos. Disfrute de la fiesta.

Decido seguir el consejo de Martínez y disfrutar. Al fin y al cabo, en los últimos tiempos no he tenido demasiadas ocasiones de hacerlo. Eso sí: disfruto de la fiesta a mi manera, es decir, radiografiando al personal con mi agudo sentido de la observación.

Debo reconocer que Martínez ha reunido en su establecimiento una estupenda muestra de fauna humana: señoronas empingorotadas, caballeros seguramente ricos pero con expresión doliente, ejecutivos aparentemente agresivos pero realmente inofensivos... Claro, que también hay algún tipo de apariencia normal con aspecto de enamorado de las estilográficas sin más. Poca gente joven. Muy poca, muy poca, muy poca...

¡Alto! ¿Qué es aquello que sonríe a lo lejos? ¿De qué ser radiante y desubicado se trata? ¿Acaso la *top model* revelación del año? ¿Miss Aragón sin gafas? ¿La hija del cónsul honorario del Principado de Mónaco? ¡Virgen santísima! ¿Qué hace aquí una chica tan joven y espléndida, codeándose con todos estos candidatos al mal de hígado? ¡Vaya ojos! ¡Vaya tipazo! ¡Vaya...! Vaya por Dios; ya me he tirado la copa de rioja por encima, aturdido por la belleza de la desconocida. Espero no haber manchado la corbata de Martínez. Y si la he manchado, espero que no me lo tenga en cuenta. La torpeza era inevitable, a la vista de semejante monumento. ¡Qué muchacha!

Nada que ver con esas adolescentes lánguidas y esqueléticas que tanto se prodigan ahora. ¿Cuántos años puede tener? ¿Dieciocho? ¿Diecinueve y dos meses? En cualquier caso, demasiado joven para mí. ¡Ay...! ¡Quién tuviera dieciséis años menos y un Alfa Romeo Spider aparcado en la puerta!

No puedo creerlo. Creo que me está mirando... Sí, sí. Juraría que me sonríe... ¡No solo eso! ¡Viene hacia mí! ¡Se me acerca con toda decisión! ¡Ay, madre! ¿Qué hago? ¿Qué le digo? ¿Me tiro por la pechera otra copa de vino?

—¡Loredana!

Dice una voz. ¿Habrá sido la mía? Es raro porque no soy consciente de haber abierto los labios y tampoco recuerdo poseer habilidades de ventrílocuo.

—¿Dónde te habías metido? —exclama ella.

La despampanante joven se me acerca lo suficiente como para envolverme en el aroma de su perfume de Nina Ricci; pero, un instante después, me rebasa. Pasa de largo rozándome el brazo derecho y dejándome con dos palmos de narices; y, justo a mi espalda, se besuquea efusivamente con el hijo de Martínez. Vaya, deduzco que se trata del hijo de Martínez porque es su vivo retrato aunque treinta años más joven y con pelo. Dado que no tengo nada mejor que hacer, decido atender a la conversación de los dos chavales.

—¿Un canapé, señor? —me pregunta en este momento un inoportuno camarero, vivo retrato de Alfredo Landa en sus mejores películas.

—¿Y qué hago yo con un canapé, hombre de Dios, con el hambre que tengo? Ande, ande, déjeme aquí la bandeja entera y no moleste.

–Pero, señor...

–¿No me ha oído? Ande, fuera. ¡Fus, fus...!

–¿Estás lista? –oigo que le pregunta Carlos Martínez a la chica.

–La verdad es que no. Estoy muy nerviosa.

–No te preocupes –le susurra él–. Tranquilízate. Todo saldrá bien.

O el rioja se me ha subido a la cabeza o están hablando en italiano porque me cuesta entenderles una barbaridad.

–¿Y tu padre? –pregunta el joven Martínez.

–Por ahí anda.

–Ah, ya lo veo... ¡Ay que ver la mala cara que gasta! ¿Y por qué no nos quita el ojo de encima?

–No le hagas caso –responde ella–. Está completamente desquiciado con este asunto de la pluma de Odermann. Con decirte que, sin pretenderlo, ha estado a punto de echar por tierra nuestro plan.

–¿Por qué?

–¡Quería venir solo! Ha intentado convencerme para que me quedase en Palermo. No sabes lo que me ha costado convencerle para que me permitiese acompañarle.

–Eso es porque le caigo mal. Lo sé. No me traga.

–No digas bobadas, Carlo. Al contrario: siempre habla muy bien de ti, te lo aseguro.

–Sí, claro... hasta que caiga en la cuenta de que estoy enamorado de su hija. Entonces enviará en mi busca a vuestros parientes sicilianos.

–¿Qué parientes?

95

—Ya sabes: los de la metralleta.

—No seas tonto...

El jefe

—¡Atención, señoras y señores! ¡Su atención, por favor! —clama Martínez justo cuando yo acababa de hincarle el diente a mi tercer canapé de fuagrás *trufé*.

Por si acaso se trata de mi última oportunidad de alimentarme a costa de Martínez, decido meterme el canapé entero en la boca. Craso error. Acto seguido, me atraganto. Se me cierra la glotis, me lloran los ojos. Durante diez interminables segundos me falta el aire y creo que voy a morir asfixiado por una bola asesina de hojaldre con paté de hígado de oca. La piel de mi rostro adquiere un hermoso tono azul cobalto. Agito los brazos desesperadamente, pidiendo ayuda, pero todos creen que les saludo y se limitan a sonreírme cortésmente. Al fin, tras golpearme repetidamente el pecho con el puño cerrado, como KingKong, consigo hacer avanzar el canapé hasta el esófago y sobrevivo milagrosamente. ¡Albricias! He vuelto a nacer.

—¡Muchas gracias y buenas tardes! —prosigue Martínez, ajeno a mi agonía y resurrección—. Aunque todos lo estamos pasando muy bien, y yo me alegro por ello, seguro que ninguno de ustedes ha olvidado el verdadero motivo de este encuentro. Pues bien, amigos míos: ha llegado el momento que todos esperábamos. Vamos a tener el raro privilegio de ser las primeras personas en contemplar la que yo me atrevo a calificar, sin dudarlo, como la estilográfica más exquisita, singular y exclusiva que se haya fabricado jamás en el mundo hasta la fecha.

Como suele ser normal entre la gente distinguida, los buenos modales brillan por su ausencia, por lo que el nivel de las conversaciones apenas desciende pese a los esfuerzos de Martínez por imponerse sobre los murmullos de fondo, gritando como un vendedor ambulante de mantas de Béjar.

–Ahora –brama ante el micrófono– voy a ceder la palabra y presentarles a todos ustedes al principal responsable de todo cuanto de prodigioso van a poder contemplar aquí esta tarde. Con ustedes, damas y caballeros, el señor Günter Odermann, director general de Estilográficas Odermann, de Hamburgo, Alemania.

Ahora sí, las voces se acallan ante los tímidos aplausos por parte de los pocos invitados que no tienen las manos ocupadas con los canapés y las copas de vino.

El tal Odermann resulta ser un tipo curioso. Desde luego, no es el prototipo del alemán, si por tal entendemos a alguien de las dimensiones del canciller Helmut Kohl. Odermann ni siquiera es rubio. De estatura normal, ojos claros, menor edad de la que yo le suponía y abundante pelo castaño, sonríe como un latino mientras se acerca hasta el pequeño atril que le cede Martínez. Al llegar ante el micrófono, saca un folio milimétricamente doblado en cuatro y, tras desplegarlo cadenciosamente, comienza a leer su contenido en un español horriblemente deformado por su acento hamburgués y que a mí me recuerda al que utiliza el papa Wojtyla cuando se expresa en nuestro idioma.

–Buenas noches a todos –dice Odermann lentamente, como si estuviese arengando a un batallón de granaderos–. Si el pasado año algunos de ustedes tuvieron ocasión de contemplar de cerca, en este mismo establecimiento, un ejemplar itinerante de nuestra magnífica estilográfica Solitaire Exclusive, considerada un auténtico privilegio para unos pocos, hoy vamos a asistir a la presentación mundial de la que hemos denominado, creo con toda razón, la estilográfica irrepetible. La Odermann Amsterdam Solitaire es, como su nombre indica, un modelo único que nadie podrá comprar, que casi nadie podrá tener en su mano y que muy pocos podrán contemplar. Ustedes van a ser las primeras personas en hacerlo, aparte de quienes han participado en su fabricación. Eso sí: deberán conformarse con verla desde el exterior de la urna blindada en la que hemos decidido exponerla y que, por cierto, ha sido diseñada especialmente para este único fin por la afamada casa Stockinger.

Murmullos de falsa decepción que Odermann aplaca con un movimiento de las manos.

–La Amsterdam Solitaire –prosigue el teutón– está coronada por una piedra preciosa única en el mundo: el diamante Azancot, extraído de una mina del antiguo Zaire, hoy República del Congo, y tallado de modo magistral en la capital de Holanda por uno de los más prestigiosos expertos en este arte: don Rafael Azancot. Como podrán contemplar todos ustedes dentro de un instante, se trata de una piedra sorprendentemente excepcional.

Me pregunto qué quiere decir Odermann con eso de «sorprendentemente excepcional» pero ha acompañado la afirmación con una sonrisita que presagia espectáculo.

–En esta tarde tan especial –continúa el alemán– no quiero dejar de expresar mi reconocimiento a nuestro común amigo Martínez sin cuya aportación esta pieza única nunca habría visto la luz. Y a todos los empleados de Estilográficas Odermann que han participado directa o indirectamente en la larga tarea de hacer realidad este sueño. En especial, a Otto Weimar, nuestro hombre en España.

Odermann señala cortésmente a su empleado con un gesto mientras Martínez inicia un aplauso que es seguido obedientemente por la mayoría de los presentes y al que el tal Weimar corresponde con una germánica inclinación de cabeza.

–Y, por supuesto, también mi cariñosa gratitud por su presencia hoy aquí a mi buen amigo Vincenzo Spadolini, a quien seguramente le habría gustado poder presentar la Amsterdam Solitaire bajo su marca Montesco. Sin embargo, como buen deportista, Vincenzo sabe aceptar una derrota y hoy lo tenemos entre nosotros, para compartir estos momentos inolvidables.

¡Toma! El tal Spadolini, que sonríe de no muy buena gana ante los aplausos, embutido en su impecable traje de

Armani, no es otro que el padre del monumento que besaba al hijo de Martínez. Bueno, bueno, cómo está el patio. Esto se complica por momentos. Es decir, que se pone interesante.

–No quiero impacientarles más –anuncia Odermann, por fin–. Señoras y señores, amigos míos, ante todos ustedes la última creación de la firma Odermann. El objeto de escritura más exquisito creado por el hombre. La estilográfica definitiva e irrepetible: la Amsterdam Solitaire.

Procedente de la trastienda, Carlos Martínez empuja la urna, colocada sobre un pedestal con ruedas, hasta situarla en el centro de la tienda. Su padre es quien va a tener el privilegio de retirar la tela que la cubre, dejando así a la vista la Amsterdam. Con ademanes estudiadísimos, el dueño de La Estilográfica Moderna se acerca, toma el paño, de color azul, con tres dedos, pellizcándolo desde la parte superior y lo alza con decidida teatralidad, consiguiendo elevar a su punto máximo la expectación de todos los presentes.

Un pequeño prodigio

De inmediato, hay una exclamación sorda, casi unánime. Como cuando se funden los plomos y se va la luz inesperadamente.

La Amsterdam Solitaire ha quedado a la vista y nos mira desafiante desde el interior de una pequeña urna cúbica de cristales extraordinariamente gruesos.

Es hermosa. Muy, muy hermosa, lo reconozco. Más de lo que cabría esperar de un objeto inanimado. La fotografía del díptico de cartón cuché no le hace justicia. En absoluto. Está abierta, sujeta en posición vertical a un soporte transparente que la hace parecer suspendida en el aire, mostrando impúdicamente el plumín de oro de setecientas cincuenta milésimas.

–Como podrán comprobar –continúa Odermann, leyendo en su «chuleta»– el cuerpo de la Amsterdam es similar al de nuestro modelo Solitaire Exclusive: un tejido de pequeños brillantes engarzados uno a uno sobre un alma de oro blanco de la que solo un par de centímetros, a la altura de la boquilla, quedan a la vista. El capuchón, en cambio, es de platino visto y está rematado por un único diamante: el ya famoso Azancot cuyo nombre irá desde ahora inseparablemente unido al de nuestra marca.

Siseos de admiración. Es grande como un garbanzo, el condenado diamante. La de facturas que iba yo a poder pagar con él. ¡Buoh!

–Preciosa ¿verdad? –pregunta Odermann, de forma retórica, a una concurrencia enmudecida de admiración–. Pues esto aún no es nada. Les ruego que presten atención. Las cosas bellas deben ser mostradas siempre con la luz adecuada; así que, con su permiso, voy a proceder a iluminar convenientemente la Amsterdam. Sospecho que aún no pueden ustedes apreciarla en toda su dimensión.

El tono es delator. El alemán está disfrutando como un niño pequeño. Intuyo un golpe de efecto de un momento a otro.

Günter Odermann se desplaza hasta uno de los rincones del establecimiento y acciona un reóstato. Con ello, al mismo tiempo que se apaga el alumbrado general de la tienda, se conectan varios pequeños focos halógenos que iluminan la urna de cristal y su contenido.

Vista así, con esa nueva luz, la pluma, en efecto, se torna aún más hermosa. Condenadamente hermosa. Pero ahí no acaba la cosa. Tras unos segundos de tensión, surge de las gargantas de los presentes, de forma espontánea, un creciente murmullo de asombro.

La rosa de los vientos

De un modo que parece casi sobrenatural, cuando la luz de los foquitos halógenos atraviesa el diamante Azancot, un inesperado juego de brillos y sombras dibuja en su interior, con asombrosa nitidez, una blanquísima rosa de los vientos: el símbolo de la casa Odermann, que remata todos sus artículos y que hasta ahora se echaba de menos en la Amsterdam Solitaire.

Yo, la verdad, me he quedado de piedra pómez.

Diríase cosa de magia. El diamante se muestra ahora como un cuerpo opaco coronado por una deslumbrante estrella de luz que parece querer escapar de los límites de la estilográfica para flotar en el aire, sobre ella, como se supone que ha de ser el aura que envuelve a los ángeles.

–¡Esto es la releche! –exclamo, en espera de que se me ocurra algo más inteligente.

Pero la cosa no termina ahí...

–¡Eh! ¡Miren ahí arriba! –dice uno de los asistentes, con la voz velada por la emoción.

Todos levantamos la cabeza y las expresiones de admiración se renuevan al comprobar cómo el Azancot proyecta hacia lo alto parte de la luz que lo ilumina para dibujar de nuevo la estrella de ocho puntas, ampliada a buen tamaño, sobre el techo de escayola del establecimiento. El efecto es turbadoramente hermoso. Casi desconcertante.

Tras unos momentos de tensión, alguien rompe a aplaudir y todos le seguimos espontáneamente, sin vacilar, convencidos de asistir a un pequeño prodigio que podremos contar algún día a nuestros nietos.

Patata

Günter Odermann no cabe en sí de satisfacción mientras va estrechando manos. Martínez parece también estar tocando la gloria con la punta de sus dedos permanentemente manchados de tinta.

Ambos sonríen como si acabasen de tener descendencia mientras Carlos, el hijo de Martínez, inmortaliza todos los aspectos de la celebración con su Canon automática.

–Ponte ahí, papá. Quiero hacerte una foto con la Amsterdam.

–Voy, voy. Y déjame haceros luego una juntos a Loredana y a ti.

–Vale, vale. Ahora sonríe... Di «patata».

—No seas memo, Carlos. En español hay que decir «tres».

—Pues venga. Dilo.

—Treees...

Sin seguro

—Para los oyentes de Radio Nacional de España, por favor. ¿En cuánto se calcula el valor de la estilográfica, señor Odermann?

Con Otto Weimar actuando como traductor, Odermann se deshace en explicaciones a los numerosos representantes de los medios de comunicación que, en tropel, intentan entrevistar a Martínez y a su invitado sin dejar por ello de devastar las bandejitas de canapés. ¡Qué desvergüenza! Desde que han llegado los periodistas hay que luchar a brazo partido por cada una de las negras pelotillas de apócrifo caviar.

—Como ya he dicho antes, su valor no se puede calcular. La práctica imposibilidad de encontrar y tallar un diamante de las características singularísimas del Azancot la convierte en un modelo absolutamente único e irreproducible.

—Pero se habrá asegurado por alguna cantidad concreta, supongo —pregunta un tipo rubio teñido, armado con un micrófono de color malva.

—Supone usted mal, joven. La Amsterdam no está asegurada en cantidad alguna.

La afirmación de Odermann ante los micrófonos de los periodistas activa de inmediato la atención de quienes nos encontramos en sus proximidades.

–¿Ha dicho usted que la pluma no está asegurada? –pregunta en alemán un muchacho que guarda un inquietante parecido con Joseph Goebbels; incluso cojea ligeramente–. ¿No le parece una temeridad?

–Según se mire –responde Odermann–. En primer lugar, la ausencia de un seguro suprime cualquier tentación de traducir su posible desaparición en dinero. Por otro lado, considero que es una precaución innecesaria: su venta en el mercado de objetos robados sería tarea casi imposible, al tratarse de un objeto tan singular.

–Pero mucha gente daría una fortuna por poseerla, sin importarle que fuese un objeto robado –afirma ahora una chica que dice trabajar para la cadena SER.

Odermann sonríe a la periodista.

–Quizá no tanta como usted cree, joven. Piense que, si no puedes decir que la tienes y enseñársela a tus amistades para que rabien de envidia, un objeto como la Amsterdam pierde buena parte de su atractivo.

–Aun con todo...

Odermann sonríe sin parar. Está disfrutando como un cosaco en plena batalla. Me alegro por él. Mientras, en un rincón cercano veo a Spadolini, el italiano. No se pierde ni una sola de las palabras de su colega, al que yo diría que observa con cara de poquísimos amigos. Pero, claro, eso no pasa de ser una mera impresión mía. A lo mejor Spadolini quiere a Odermann como a un hermano. Quién sabe.

–Tiene usted razón –prosigue Odermann, imparable, protagonista– la lista de las personas que estarían encantadas de hacerse con esta estilográfica, por supuesto, sigue siendo larga. Y en esta reunión encontraríamos a algunos de ellos. Por eso, lo que sí hemos diseñado es un sofisticado sistema de seguridad. Si se me permite la petulancia, un sistema infalible.

–¿Podría explicarnos en qué consiste?

Odermann sonríe astutamente.

–¡Cómo no! Precisamente conviene que los posibles ladrones lo conozcan, a fin de que desistan de su propósito lo antes posible.

Con un amplio gesto, Odermann vuelve a congregar en torno a él y de la Amsterdam a buena parte de los asistentes al acto.

A mí, el tal Odermann se me está haciendo más y más antipático por momentos. Pero mi curiosidad hacia la estilográfica puede más que mi creciente animadversión hacia su creador.

–Como pueden ver, aparentemente todo lo que protege a nuestra estilográfica es esta urna de vidrio, por cierto, no demasiado voluminosa ni pesada. Uno podría llevársela bajo el brazo, ¿no es verdad? Eso sí, ya ven ustedes el extraordinario grosor de las paredes. Se trata, naturalmente, de cristal irrompible, inastillable, antibalas y anti... bueno, creo que prácticamente antitodo. La urna solo puede ser abierta por su cara inferior, separando esta base metálica, hecha de acero al vanadio, del resto. Pero les aseguro que no es una operación sencilla. Para poder llevarla a cabo, en primer lugar es preciso marcar, en este pequeño teclado situado aquí, una combinación de ocho números que solo yo conozco... y que me van a permitir que les oculte incluso a ustedes –la gente ríe con la leve broma–. A continuación deben accionarse al mismo tiempo las tres cerraduras que ven alojadas en la arista inferior de las caras laterales y trasera. Esto, finalmente, mueve los mecanismos de cierre de acero cementado y libera la urna.

–¿Quién tiene las llaves de esas tres cerraduras? –pregunta un periodista pelirrojo–. ¿Acaso también usted, señor Odermann?

–¡Por supuesto que no! Están en poder de tres ejecutivos de nuestra empresa, escogidos al azar y que en estos momentos se hallan en Alemania, en el desempeño habitual de sus funciones. Es decir: aunque quisiera hacerlo, ni siquiera yo podría sacar ahora la Amsterdam Solitaire de su urna blindada.

Carmen Serrano, conocida periodista, adelanta hacia Günter Odermann su pequeño magnetófono.

–Pero si alguien se llevase la urna completa bajo el brazo, como usted insinuaba hace un instante, supongo que sería solo cuestión de tiempo y paciencia el conseguir violentarla de algún modo y hacerse con la pluma.

El alemán sonríe, encantado de mostrar su juego.

–Si lo intentase, lo único que lograría sería destruir por completo la Amsterdam Solitaire –afirma Günter Odermann, provocando el estupor general.

–¿Puede explicarnos eso, por favor? –dice la rubia de antes.

El hombre acaricia casi amorosamente la superficie de la urna antes de volver a hablar, mirando fijamente a la periodista.

—Verá, señorita: el excepcional grosor de estas paredes se debe a que, en realidad, están formadas por dos láminas de vidrio especial... entre las cuales se ha dejado un espacio vacío por el que circula cierta cantidad de explosivo líquido, perfectamente transparente.

—¿Ha dicho usted... explosivo?

—En efecto. Un pariente cercano de la nitroglicerina.

Las palabras de Odermann causan una inmediata inquietud entre los presentes. Puedo, incluso, detectar ciertos signos de alarma entre la elegante concurrencia. De modo involuntario, los más próximos a la urna retroceden unos centímetros. Odermann alza las manos, siempre sonriente.

—¡No se asusten, señoras y caballeros! —exclama Weimar traduciendo las palabras de su jefe—. ¡No hay ningún peligro, se lo aseguro! La urna está diseñada y construida de tal modo que la explosión afectaría tan solo a su contenido sin suponer el más mínimo peligro para quienes pudieran encontrarse junto a ella. Únicamente la Amsterdam sufriría las consecuencias de la detonación, quedando inmediata y totalmente destruida; prácticamente reducida a cenizas, para consternación de todos nosotros pero, sobre todo, para desesperación del posible ladrón, que vería cómo todos sus esfuerzos por conseguirla no servían absolutamente para nada.

Las explicaciones de Odermann provocan una catarata de comentarios entre los presentes. Los periodistas han descubierto el filón informativo y se lanzan atropelladamente a preguntar detalles sobre la urna explosiva. El lío es considerable durante unos minutos. Por fin, el reportero pelirrojo, dueño de una potente voz, logra imponer su pregunta sobre las de sus compañeros.

—¿Qué podría desatar la explosión de la urna, señor Odermann?

El alemán alza las manos una vez más reclamando silencio y cede la palabra a su representante en España.

—Cualquier intento de violentar la urna, provocaría la explosión —recita Weimar—. Cualquier intento serio de romper el cristal o de atacarlo mediante ácidos o por cualquier otro método, provocaría la explosión. Marcar en el teclado por tres veces una clave errónea, provocaría la explosión. Hurgar en las cerraduras sin disponer de las llaves o no accionarlas simultáneamente, provocaría la explosión. El resultado sería siempre el mismo: la pluma quedaría reducida a añicos humeantes.

Echo un vistazo a mi alrededor. Es curioso: nadie come canapés.

De repente todos los presentes contemplamos la urna blindada con una atención casi reverencial. La estilográfica ha pasado a segundo plano y los invitados parecen ahora hipnotizados por su explosivo envase transparente. Que esas paredes de cristal, por muy gruesas que sean, puedan contener en su interior la explosión producida por un derivado de la nitroglicerina, no resulta fácil de asimilar. Sobre todo, cuando uno se encuentra a menos de un metro de distancia.

—El sistema es ingenioso, desde luego —interviene de nuevo Carmen Serrano, volviendo al ataque—. Pero siempre habrá quien se conforme simplemente con poseer la Amsterdam, ¿no? Alguien podría robar la urna y optar por no sacar jamás la pluma de su interior.

La mirada de Odermann parece lanzar un destello mientras Weimar le traduce las palabras de la periodista.

–¿Resignarse a no tenerla jamás en la mano? –se pregunta luego el alemán, pausadamente–. ¿A contemplarla siempre a través de un cristal? ¿A no escribir jamás una sola palabra con ella? Con sinceridad, dudo mucho que exista alguien así en este mundo. Pero, aun en ese caso, el ladrón la disfrutaría por poco tiempo. El explosivo se activa también automáticamente si no se marca la clave al menos una vez cada veinticuatro horas.

–¿Cuándo ha marcado la clave por última vez, señor Odermann?

–En honor a su país, a la hora más española del día.

–¿Qué hora es esa? –se atreve a preguntar la periodista, tras diez segundos de estupefacción.

–Las cinco de la tarde, naturalmente –responde Odermann–. La hora a la que comienzan las corridas de toros.

–¡Ole! –exclamo castizamente, consiguiendo que todos se vuelvan hacia mí.

Como a un ministro

Una hora y veintidós canapés más tarde, la mayoría de los asistentes a la fiesta han abandonado ya el local. Martínez ha ido en busca de las fotografías tomadas por su hijo al comienzo del acto y las ha repartido entre los invitados, a modo de recuerdo. Tener en las manos su foto posando junto a la Amsterdam Solitaire ha sido para muchos la excusa perfecta para marcharse. Yo, sin embargo, no encuentro el momento de hacerlo. La verdad es que Martínez me está tratando como a un ministro. Me ha presentado a todo bicho viviente y me da no sé qué decirle que me largo. He decidido que mi obligación ante tan considerádisimo trato por parte del anfitrión es aguantar a pie firme hasta el final. Marcharme el último. Además, los canapés estaban de rechupete. Y eso hay que agradecerlo.

Decididamente, me quedo.

De copas

–Aquí ya no hay nada que hacer. ¿Qué le parece si vamos a tomar unas copas con los restos del naufragio, Escartín? –me pregunta Martínez, cercanas ya las once de la noche, señalando a los últimos supervivientes de la fiesta.

Lanzo un largo vistazo profesional sobre el variopinto grupo de invitados residuales. Además de Carlos, el hijo de Martínez, permanecen con nosotros Günter Odermann y Otto Weimar, naturalmente. Pero también veo a Spadolini, el italiano, del que no acabo de comprender qué hace exactamente aquí y qué pretende. Porque algo pretende, de eso estoy seguro. Apenas ha abierto la boca en toda la tarde y parece encontrarse especialmente incómodo asistiendo al éxito de Odermann, su competidor. La pregunta, por descontado es: ¿por qué sigue aquí?. Su hija, en cambio, sí creo saber por qué continúa entre nosotros. No se ha separado ni un instante de Carlos Martínez. Me da en la nariz que, de aquí a un tiempo, podría haber una boda de lo más estilográfica.

Está también un hombre pequeño y gordito, gran amigo de Martínez y dueño de una tienda similar a la suya en Cartagena. Y uno de los clientes habituales de la tienda, un tipo calvo y con barba que, por lo visto, se gana la vida escribiendo cuentos infantiles. Solo por eso, ya me resulta sospechoso. ¿Un cuentista profesional? ¡Vamos...! Lo que me faltaba por ver. Desde luego, tengo que reconocer que en este mundo hay gente para todo.

–Será un placer acompañarles, amigo Martínez –me oigo decir, sin mucha convicción.

–Pues vamos allá. La presentación ya no da más de sí. Todo ha salido bien y es hora de echar el telón.

Cuando salimos a la calle, la oscuridad ha invadido Zaragoza. En realidad ha invadido Zaragoza, el resto de Europa y buena parte de África pero los hombres somos tan miserables que solo nos importa nuestra propia noche.

Ligero cambio de planes

Al cabo de unos minutos, hemos salido todos de la tienda. Martínez cierra las puertas de su establecimiento y acciona el motor que hace descender la persiana metálica, decorada con el emblema de las plumas Montesco sobre fondo negro.

Apenas ve aparecer el anagrama de la empresa rival, a Odermann se le pone cara de mala uva mientras una sonrisita cínica asoma al rostro de Vincenzo Spadolini. El alemán se acerca a Martínez y cruza con él una palabras en voz baja pero enérgica.

–Levante ahora mismo la persiana, Martínez –le oigo decir en inglés.

–Pero, Günter... cerrar la persiana es una elemental medida de seguridad. Como responsable del acto de esta tarde no me parece nada conveniente...

–Tranquilo, Martínez, tranquilo. ¡Yo asumo la responsabilidad! ¿Para qué hemos traído la Amsterdam hasta Zaragoza? Los primeros programas de televisión y radio local ya estarán dando cuenta del acontecimiento. Si alguien se acerca hasta aquí para echarle un vistazo a la pluma más espectacular del mundo no quiero que se encuentre con el emblema de una marca rival impidiendo su contemplación. Quiero que mi pluma se vea desde la calle en todo momento, aunque sea de lejos.

Martínez se encoge de hombros.

–De acuerdo, Odermann, usted manda –concede–. Subiré la persiana, encenderé algunas luces del interior para que se vea bien su pluma y conectaré el sistema de alarma.

Miro a Spadolini, que sigue sonriendo. Parece que los manejos de Odermann le traen sin cuidado. Por el contrario, Carlos Martínez se ha quedado serio y parece súbitamente nervioso.

–Pero, papá...

–¿Qué ocurre, hijo?

–Que... que nunca conectamos el sistema de alarma.

–Sí, ya lo sé. Tampoco tenemos nunca en la tienda un artículo tan valioso como la Amsterdam. Además, si no bajamos la persiana, hay que poner la alarma. Hacer otra cosa sería una temeridad.

–Pero... tú sabes que la alarma no funciona bien. Siempre nos ha ocasionado muchos problemas. Sería mucho más seguro bajar la persiana.

–¡Ya lo sé, Carlos! –exclama Martínez con contenido fastidio–. Pero ya has oído a Odermann: la persiana, arriba. Y en cuanto a la alarma, no te preocupes: la mandé revisar la pasada semana. Funciona de maravilla.

–¿Ah, sí? No me habías dicho nada.

–Se me olvidaría comentártelo. ¿Ocurre algo? Parece que te moleste.

–No. No, claro que no. Me parece... bien.

Carlos Martínez y Loredana Spadolini cruzan una mirada cargada de preocupación que no me pasa desapercibida. ¿Qué misterio se traen esos dos entre manos? ¿Por qué aquí todo el mundo parece ocultar un secreto?

Misión: imposible

Martínez ha entrado en la tienda para conectar el sistema de alarma. Mientras tanto, Odermann intercambia unas frases con el escritor de cuentos que, al parecer, chapurrea el alemán. Carlos y Loredana siguen evidentemente nerviosos y hablan entre ellos en voz baja. Solo quedamos desparejados el padre de la italiana, el vendedor de estilográficas cartagenero, de apellido Escarabajal, Otto Weimar y un servidor. Sin saber por qué, nos reunimos los cuatro ante la tienda, ocupando el centro de la calle Méndez Núñez, peatonal y no muy ancha. Al principio, intercambiamos unas frases de cortesía pero enseguida se apodera de nosotros un silencio incómodo que nos obliga a mirarnos azoradamente. Lo tenso de la situación me lleva a buscar con prisas un tema común de conversación que no puede ser otro que la estrella del día: la pluma del millón de dólares. Y, no sé por qué, en lugar de salir del paso con una banalidad, alabando una vez más su espléndido diseño o la rareza del diamante Azancot, se me ocurre entrar sin previo aviso en un asunto que me ronda por la cabeza desde hace un buen rato.

–Es todo un truco, ¿verdad, señor Weimar? –le pregunto, con la mejor de mis sonrisas, al representante en España de Estilográficas Odermann.

–¿Cómo dice? –replica él, sorprendido.

–La tontería esa de la urna explosiva, digo. Es mentira. ¿A que sí? Se trata tan solo de un truco publicitario para garantizarse la atención de los periodistas. Va, confiéselo.

Mis otros contertulios se miran y me miran, un tanto descolocados.

–Hasta donde yo sé, no lo es –responde el alemán.

–¿Y hasta dónde sabe usted? –le pregunto.

–Pues... yo diría que hasta el último detalle. Le aseguro que he seguido muy de cerca todo el proceso de fabricación de la pluma y de la urna en que está expuesta.

–¿Y cómo es eso? Usted no es más que el hombre de Odermann en España ¿no es así? Un empleado más de la empresa. No está en el consejo de administración ni nada por el estilo, ¿verdad?

–Así es. Pero como fue Martínez quien condujo al señor Odermann hasta Rafael Azancot y su maravilloso diamante, ambos, Martínez y yo, nos hemos tomado todo este asunto como algo casi... personal.

–No sabía eso. ¡Qué interesante! Quizá por eso *Herr* Odermann ha accedido a presentar su pluma en Zaragoza.

–Sin duda. Aunque no quiere reconocerlo, se siente en deuda con Martínez. Fue él quien dio con la solución al desafío de elaborar una pluma irrepetible. Pero, eso aparte, puedo asegurarle que todo cuanto mi jefe ha comentado sobre las características de la urna que guarda la Amsterdam es absolutamente cierto.

Sonrío ante la respuesta de Weimar, procurando adoptar un aire escéptico.

–Claro, usted qué va a decir. Tiene que mantener el engaño a toda costa. Pero a mí no me la da, no señor. Nadie se arriesgaría a convertir en cenizas una maravilla como esa –digo, volviendo la mirada hacia el interior de la tienda–. Al fin y al cabo, el efecto disuasorio se logra igualmente aunque el mecanismo no funcione. Es el miedo a destruir la pluma lo que frena a los posibles ladrones. Pero a mí no me la da. ¡Je! Bueno soy yo...

Weimar me mira sonriente durante unos segundos. Parece un tanto perplejo. También Vincenzo Spadolini me examina con curiosidad.

–¿No tiene la menor duda sobre lo que dice? –me pregunta el alemán.

–No, no la tengo. Estoy absolutamente seguro de que todo eso del líquido explosivo y de la clave secreta de ocho cifras no es más que un cuento chino. Y, no digamos, lo de la cerradura que se acciona mediante tres llaves simultáneas... ¡bueno! Impresionante, de verdad. Por cierto, ¿de dónde lo han sacado? ¿De una de esas novelitas baratas de Fu-Manchú?

Weimar me sigue mirando como si yo fuera un marciano.

–Es decir, que si usted robase la urna con la Amsterdam no tendría ningún reparo en intentar abrirla por cualquier medio, cuanto más violento, mejor. Y, por supuesto, ni remotamente cree que la pluma quedaría destruida automáticamente antes de transcurridas veinticuatro horas.

Lanzo una media carcajada que, la verdad, me queda un poquitín falsa.

–¿Qué dice, hombre, qué dice? –exclamo, a continuación–. ¿Me toma por un bobo? ¡Encima, eso! ¡Es para troncharse! ¿Cree que no veía de joven la serie Misión Imposible en la tele? «Atención: esta pluma se autodestruirá en cinco segundos». ¡Pumba! ¡Vamos, hombre! ¡A otro perro con ese hueso!

Weimar sonríe cada vez más. Ahora, incluso deja escapar una risita suave.

–Mire, Escartín: precisamente porque existen personas como usted es por lo que el sistema, a la fuerza, tiene que ser auténtico y totalmente eficaz.

–Lo siento, pero no me trago que...

–Si conociera bien a mi jefe –dice entonces Weimar, poniéndose muy serio– sabría que Günter Odermann preferiría, con mucho, ver destruida la Amsterdan Solitaire a permitir que otra persona la disfrutase sin su consentimiento. Él fue quien insistió en dotar a la urna de un sistema de autodestrucción y contrató a Stockinger, la mejor empresa de seguridad alemana, para que diseñase algo nuevo, original y sorprendente. Algo que estuviera a la altura de su pluma.

En ese momento, Martínez enciende las luces de algunas de las vitrinas de su establecimiento y, con ello, volvemos a ver la Amsterdam a través de la luna del escaparate, en el centro del local, sobre su pedestal, dentro de su urna autodestructiva, como un objeto hermoso, difuso y lejano.

–Es una preciosidad, ¿no creen? –pregunta el hombre de Cartagena–. Lo mismo da verla a plena luz que en penumbra. De cerca o de lejos: al primer golpe de vista uno se percata de que es una auténtica preciosidad. Tiene magia.

Martínez sale de la tienda con ciertas prisas y cierra de inmediato la puerta con llave.

–¿Por qué no deja encendidos los focos halógenos? –pregunta Odermann–. Así se vería mejor.

Martínez le da una larga explicación en inglés que no logro comprender apenas. Algo sobre el gasto de luz o el recalentamiento de no sé qué. Luego, se vuelve hacia nosotros.

–Listo, señores. ¿Qué les apetece tomar? En este barrio tenemos de todo. Sobre todo, una noche de viernes, como esta.

Pese a que todavía tenemos los canapés en el esófago, nadie pone la más mínima pega a la propuesta de Martínez. Nadie, excepto su propio hijo.

–Si nos disculpáis, nosotros nos vamos –dice, cogiendo del brazo a Loredana Spadolini.

–¿Adónde? –pregunta muy serio el padre de la chica.

–Por ahí, papá... –le responde ella–. A algún sitio de «marcha». Algo para gente de nuestra edad, ya me entiendes.

Los dos padres y los dos hijos cruzan miradas en todas las combinaciones posibles.

–Por mí, de acuerdo –dice Martínez–. Cuida bien de Loredana, ¿eh, Carlos?

–Eso –dice el italiano sin separar los dientes–. Cuídala bien.

Viéndolos alejarse calle adelante, cogidos de la mano, no puedo dejar de pensar que hay gente con suerte; y, además de eso, están en la mejor época de la vida. Una época que yo dejé atrás hace tanto tiempo, que ya empiezo a dudar si la viví alguna vez. Pero sí, claro que la viví. La edad de las risas, de los besos, de los ligues, de la universidad... la edad de creer que la vida es algo espléndido que siempre va a estar ahí. La edad de creer que todo puede esperar hasta el día siguiente. La edad de enamorarse y de creer que el amor es eterno. La edad de los planes por cumplir, de los sueños que uno cree que a la fuerza se harán realidad. La edad de las caricias inesperadas. La edad de pensar que lo mejor aún está por llegar y que todo tiempo pasado fue peor.

Unos abandonan esa edad antes que otros. Envejecen antes que otros. Yo lo hice demasiado rápido y demasiado de golpe. A veces me pregunto si tener un hijo habría cambiado mi vida o, al menos, me habría permitido prolongar la edad de las ilusiones. No lo sé. Supongo que ya nunca lo sabré.

Ahora, quizá por mi torpeza, debo conformarme con ver la felicidad de lejos, en los besos de otros, como Carlos y Loredana. Puede parecer poca cosa. Puede parecer un pobre consuelo pero no está del todo mal. Algo alivia. Y siempre será mejor eso que el odio o el rencor.

Los siete magníficos

Somos Martínez, Odermann, Weimar, Spadolini, Escarabajal, el escritor de cuentos y un servidor. Si llevásemos cada uno una *katana* al cinto, podríamos pasar por los siete samuráis de Akira Kurosawa, de visita turística por Zaragoza.

Empezamos en el bar Bonanza, tomando cacahuetes y cerveza de barril y contemplando la multitud de recuerdos, dibujos, recortes de prensa y objetos de todo pelaje que cubren las paredes. A Odermann le parece un lugar estrafalario y cutre. Empiezo a pensar que este tipo es un mentecato de los de notable alto.

La marisquería Tony ya parece ser más de su agrado aunque supongo que tienen mucho que ver en ello las ostras gallegas y las patas de araña que Martínez solicita de inmediato, por docenas, sin reparar en gastos.

Después, vamos a casa Belanche, que ya no presume de servir las peores gambas a la plancha de la ciudad. Desde luego, nuestras cuatro docenas están de muerte. A la vista de los acontecimientos, no puedo arrepentirme de haber aguantado hasta el final de la fiesta.

Veo que Martínez paga siempre las consumiciones mientras que Odermann no parece darse por enterado. Como si la cosa no fuese con él. Da la sensación de no llevar cartera. Cada vez me cae peor, el condenado alemán.

–¿Qué le parece nuestra cerveza local? –le pregunta Martínez, de pronto–. ¿Sabe usted que esta es la única marca española de cerveza que se puede encontrar en Nueva York?

–Una buena cerveza, sí –corrobora el alemán por boca de Weimar–. Aunque no acabo de entender esta manía suya de servirla en estos vasos tan pequeños.

–Eso se arregla fácil. ¡A ver! Una «tanque» de litro para el señor Odermann.

–¡Marchando!

Salimos de Belanche. Por increíble que parezca, no sopla el cierzo y pasear en esta noche de primavera por la renovada y pétrea plaza del Pilar se convierte en una grata experiencia.

–¿Le gusta la plaza, Odermann?

El alemán ladea la cabeza. Quizá, a causa de los varios litros de cerveza Ámbar-2 que ya circulan por sus venas.

–No... no lo sé. No estoy muy seguro. Desde luego, es grandísima.

–La peatonal más grande de Europa después de la plaza Roja de Moscú. Eso dice la propaganda del ayuntamiento. Seguramente no es cierto, pero suena bien.

–No sé por qué, me recuerda el campo de concentración de Buchenwald. Debe de ser por esas enormes torres de vigilancia.

—No son torres. Son farolas.

—¡No me diga! ¡Qué cosas tan horrendas!

—Diseño alemán —interviene Spadolini, que acto seguido señala la torre de la catedral, que se alza en lado oriental de la plaza—. En cambio, aquella maravilla... tiene toda la pinta de haber sido proyectada y construida por italianos.

—En efecto, Vincenzo, en efecto. El Campanile de la Seo, obra de Juan Bautista Contini.

—He ahí la diferencia —concluye el siciliano.

Odermann no se da por aludido y señala justo el punto contrario de la plaza. Hacia el oeste.

—¿Y aquello del fondo? ¿Un monumento a las cataratas del Niágara, quizá?

—No. La fuente de la Hispanidad.

—Pues tienen ustedes una idea bastante extraña de la Hispanidad, ¿no?

Rififí

Al despedirnos del grupo formado por nuestros padres y sus acompañantes, Loredana y yo caminamos un trecho calle arriba, en dirección al Mercado Central. Durante algo más de una hora paseamos sin rumbo fijo, entrando y saliendo de diversos discobares de la zona de las calles del Temple y de Predicadores. Luego, dando un pequeño rodeo, regresamos al punto de partida: las inmediaciones de La Estilográfica Moderna.

–¿Lo tienes todo preparado? –me pregunta Loredana.

Con esfuerzo, le sonrío antes de contestar, tratando de infundirle confianza.

–Todo. Además, hemos tenido suerte. El piso situado sobre la tienda quedó vacío hace seis meses y nadie se interesa por él. No he necesitado alquilarlo, solo forzar la cerradura.

–Eso es buena señal. La fortuna está con nosotros.

–He ido reuniendo allí todo el material. Y he tomado las medidas seis veces.

–Eres un cielo. Estando contigo, seguro que nada puede salir mal.

Lanzando miradas furtivas a uno y otro lado, nos acercamos hasta casi rozar con la nariz el cristal del escaparate de la tienda. En el interior nos aguarda la Amsterdam Solitaire.

–Es bonita, la condenada, ¿eh?

–Sería más bonita si la hubiera diseñado la gente de mi padre –afirma ella, mirando la pluma.

–Seguramente.

–Seguro.

Está enrabietada. Malo. Se está tomando esto como algo demasiado personal. Pero, claro, ¿de qué otra manera podría tomárselo? Todo su elaborado plan no tiene otro objetivo que alcanzar una venganza, una *vendetta* contra el adversario alemán de su padre.

–Lo primero –digo, accionando la llave del mando eléctrico situado en la fachada– vamos a bajar la persiana. Así estaremos a resguardo de las miradas de quienes paseen por la calle.

–Si tu padre y los demás vuelven a pasar por aquí, se van a extrañar, al verla cerrada.

–Es un riesgo que tenemos que correr. Esperemos que su peregrinaje de bar en bar los lleve por otros caminos.

–¿Y la alarma?

–La alarma no puedo desconectarla. Hace años que no la usábamos porque se disparaba sin motivo casi todas las noches. Si alguna vez supe la combinación, no la recuerdo. No contaba con que mi padre mandaría arreglarla y la conectaría.

–¿Entonces? ¿Qué vamos a hacer?

–No tiene por qué ser un problema. La alarma solo cubre la puerta de entrada a la tienda, que nosotros no vamos a utilizar porque entraremos por otro camino. Anda, vamos, deja de preocuparte.

Entramos en la casa y subimos hasta el primer piso, en cuyo recibidor nos aguarda el abundante material que, por orden de Loredana, he ido reuniendo allí a lo largo de las tres últimas semanas.

De lo primero que echo mano es de dos potentes linternas halógenas de baterías.

La tensión va en aumento. Tengo la boca seca.

Sin cruzar palabra, nos desvestimos para enfundarnos a continuación en sendos monos de trabajo de color azul. Luego, nos dirigimos a la habitación principal del piso, enorme, tan huérfana de muebles como el resto de las piezas de la vivienda. Una vez allí, le señalo varias marcas trazadas sobre el suelo de terrazo con cinta adhesiva roja.

–Estamos justo sobre la tienda –le informo a Loredana–. Esa equis grande señala la posición de la urna. Esa línea, el límite del mostrador. Hasta aquí llega el escaparate. El mejor sitio para hacer el agujero creo que es... ahí.

En un rincón del pasillo reposa un taladro-percutor eléctrico de alquiler, de grandes dimensiones, provisto de una barrena de casi un metro de longitud.

–Tendremos que conectar el taladro a la luz de la escalera porque el piso, al estar vacío, no dispone de electricidad.

–¿Y el ruido? –preguntó Loredana.

–En toda la casa solo vive una anciana. En el tercero. Me he informado y, por lo visto, está sorda como una tapia. Esperemos, además, que se acueste pronto y tenga el sueño pesado.

–¿Y si no está tan sorda como te han dicho, se acuesta tarde y tiene el sueño ligero?

Lanzo un suspiro largo.

–Entonces, *cara*, esta noche dormiremos en comisaría. Mejor no pensar en ello. Bien... ¿empezamos?

–Empecemos –dice Loredana.

Tomo el taladro, que pesa como una bombona de butano, apoyo la punta de la barrena sobre una cruz formada por dos tiras de cinta adhesiva y me vuelvo hacia mi chica.

–He colocado en la bombilla del rellano un casquillo con toma de corriente. Coge la escalera de mano y enchufa allí el taladro. Luego, enciende la luz. Cada tres minutos y veinte segundos el automático corta la corriente. Tendrás que estar atenta y pulsar el botón cada vez que eso ocurra.

–De acuerdo.

Sale Loredana. Al quedarme solo durante esos breves instantes, un último destello de sensatez, un último pensamiento razonable acude a mi mente, supongo que con la intención de salvarme de un destino catastrófico que yo solito me he buscado.

—Debo de haberme vuelto loco —me digo a mí mismo, en voz baja—. Aquí estoy, a punto de atracar la tienda de mi padre por el método *rififí* para intentar robar la estilográfica más cara del mundo arriesgando con ello mi libertad y mi futuro. Y todo, porque me lo ha pedido una italiana que, de cuando en cuando, se me tira al cuello y me atiza un mordisco. Debo de haberme vuelto completamente loco.

Triana

Tras abandonar mi taberna preferida, La Comadreja Parda, en la plaza de Santa Marta, donde hemos dado buena cuenta de un número asombroso de guardiaciviles, los famosos montaditos de sardina rancia con picante especialidad de la casa, Weimar, Vincenzo, Odermann, Martínez, Escarabajal y yo optamos por airearnos durante unos minutos, esperando que así se evaporen parte de los vapores etílicos del vermú casero con el que hemos acompañado las sardinas. Sin embargo, como pasado un cuarto de hora el efecto no se produce y seguimos tan alegres como antes, decidimos enfilar nuestros pasos hacia la zona de bares con epicentro en la plaza de Santa Cruz. Como es lógico, realizamos parada y fonda obligatoria en Casa Juanico, donde agotamos las reservas de jamón con chorreras. De ahí, otra vez al Tubo, a Pascualillo, donde las madejas de ternasco y las cigalas de huerta son obligatorias antes de atacar unas raciones de rabo de toro de lidia en el restaurante Triana. Eso sí, con los estómagos previamente entonados con la pajarilla especial y las anchoas con cazalla de Bodegas Almau, que para eso pilla a dos pasos.

Por cierto, que el cuentista calvo y con barba se ha descolgado del grupo hace ya un buen rato y seguramente habrá llegado ya a su casa sin que yo haya conseguido averiguar su nombre. A ver si me acuerdo de preguntárselo mañana a Martínez. Si algún día tengo un hijo, no quiero que lea ni un solo libro escrito por ese individuo tan siniestro, no le vaya a crear un trauma para toda la vida.

Rufufú

–¿Qué pasa, Carlos, querido? ¿Todavía no?

Llevo dándole con toda mi alma al taladro-percutor más de media hora. Estoy sudando como un estibador del puerto del Musel mientras cargo todo mi peso sobre el condenado aparato. La casa entera tiembla como el pasajero de una motocicleta.

–Maldita sea... ¡Auuuummmpf...! Una jácena. Hay que fastidiarse... con la de suelo que había para elegir y hemos tenido que pillar una jácena. ¡Auuummmpf...!

–¿Qué es una jácena? –pregunta Loredana, ingenuamente.

–¿Que qué es una jácena? ¡Mmmmmmmpff...! ¡Lo peor del mundo! ¡Hormigón pretensado! ¡Cemento armado con varilla, maldita sea mi estampa! ¡Cede de una vez, condenadaaa!

–¡Chssst...! No grites tanto, a ver si vas a despertar a la señora del tercero.

–¿Cómo que no grite? ¿Y qué mas da? ¡Si esa mujer no se ha despertado aún, es que está muerta! ¡Auuummmpff...! ¡Ay! ¡Espera... espera, que ya parece que... ¡Sí! ¡Por fin! ¡Por fin! ¡Creo que ya está!

El sonido cambia de golpe. Cesa la horrible vibración.

–¡Milagro! ¡He pasado al otro lado! ¡Lo hemos conseguido, Loredana!

En efecto, tras cuarenta minutos de denodados esfuerzos, he logrado nuestro objetivo y un agujero del tamaño de un platito de café comunica ya el techo de La Estilográfica Moderna con el suelo del piso en que nos encontramos.

Loredana y yo lo miramos con inquietud.

–Bueno... ha llegado el momento de empezar con la fase be –digo.

Loredana va en busca del gran paraguas que compré días atrás en Casa Redondo. Con todo cuidado, lo introducimos de punta por el orificio abierto a golpe de taladro. A continuación, cuando ya solo la empuñadura asoma por nuestro lado, ella acciona el mecanismo que lo abre automáticamente y así el paraguas queda desplegado justo por debajo del nivel del suelo. Ahora solo falta, como en la famosa película de Jules Dassin, ir agrandando el agujero a martillazo limpio, dejando que el paraguas recoja el escombro.

128

–Venga, dale, que vamos con retraso –me indica Loredana.

Armado ahora con maceta de albañil, comienzo a golpear el suelo con todas mis fuerzas en torno al agujero. Lo hago durante más de cinco minutos antes de que caigan los primeros cascotes en el interior del paraguas.

–Anda, que no está duro esto ni nada...

–¡Para, Carlos, para! –exclama entonces mi chica–. ¿No oyes?

–¿El qué?

–Una sirena.

Me detengo y aguzo el oído. Afirmo con la cabeza, al cabo de unos segundos.

–Sí, la oigo. Pero suena lejos. Quizá se trate de una ambulancia circulando por alguna calle cercana.

Ella alza la mano. El sonido de la sirena parece ir y venir. Por fin, cesa de golpe.

–¿Qué? –pregunto, tras tragar saliva–. ¿Sigo?

Loredana tarda en responder. Pero dice «sigue».

Destellos

Suenan campanadas al salir de la famosa taberna El Marrano, muy cerquita de la catedral, después de cinco rondas de sardinas a la plancha. Entre estas y los guardiaciviles de La Comadreja Parda, creo que ya ninguno de nosotros sufrirá déficit de ácido graso Omega-3 en lo que nos quede de vida.

Ascendemos calle de San Gil arriba, hacia la plaza de España, conformando un sexteto patético. Odermann intenta cantar una jota en alemán. Escarabajal le corrige mientras asegura que la verdadera jota no es la aragonesa sino la murciana. Martínez y yo le damos la razón. Vincenzo Spadolini baila tarantelas con las farolas.

El cartagenero descubre de repente su hotel al llegar a la confluencia con la calle de Espoz y Mina y decide quedarse ya en él. Nos despedimos con abrazos desproporcionados y los cinco supervivientes del grupo, seguimos adelante.

En estas, poco antes de llegar a la altura de la calle de San Jorge nos llega un sonido agudo y estridente, acompañado de luminosos guiños ambarinos transportados de fachada en fachada gracias a la oscuridad de la noche.

–¿Qué pasa? –pregunto, con lengua estropajosa, a causa de la excesiva ingesta de cerveza, vermú casero y fino La Ina–. ¿Qué es ese ruido diabólico?

–Nada, Escartín –dice Weimar, que es el único integrante del grupo que parece razonablemente sobrio–. Ha debido de saltar la alarma de alguna tienda cercana. Ande, váyase a casa antes de que empiece a encontrarse peor. Me ha dicho Martínez que vive usted por esta zona.

–¡Ni hablar! ¡No me voy! No puedo abandonar precisamente ahora. Primero, porque he olvidado dónde está mi domicilio. Segundo: ¡porque soy detective privado! ¡Detective privado diplomado por la academia CEAC! –digo, en un arranque tan heroico como etílico–. Si se ha producido un incidente ciudadano, mi ayuda puede ser necesaria. ¡Quiero saber qué ocurre!

El alemán se ha quedado quieto y sigue con la mirada el camino que recorren las intermitencias anaranjadas.

–Oh, cielos... –dice, de pronto, muy serio.

–¿Qué pasa ahora?

–No es posible...

–¿Qué no es posible? ¿Qué ocurre? –insisto–. ¡Hable, Weimar!

En un principio no entiendo nada. Miro a los demás, uno por uno. Me asusta la expresión de Martínez, al que se le han desorbitado los ojos y que, de pronto, echa a correr y cruza la calle a una velocidad impropia de alguien de su edad. Yo, sin saber muy bien el porqué, le sigo. A los cuatro pasos tropiezo torpemente con el bordillo de la acera contraria y ruedo por el suelo. Lo que son las cosas, al incorporarme me duele el orgullo y el tobillo derecho a partes iguales pero, al mismo tiempo, tengo una visión mucho más nítida de mi entorno. Vamos, que gracias al batacazo siento que se me ha disipado buena parte de la borrachera.

Es entonces cuando descubro que, después de tres horas de idas y venidas por el barrio de bar en bar, por pura chiripa en estos momentos estamos casi en la confluencia de San Gil con la calle de Méndez Núñez y, por tanto, cerquísima de La Estilográfica Moderna, la tienda de Martínez. Apenas a treinta metros y una vuelta de esquina. Y resulta que es su alarma la que está llenando la noche zaragozana de alaridos y destellos.

Siento que los restos de la bruma etílica que aún entelarañan mi cerebro se rasgan definitivamente. Me siento lúcido por completo. Aunque cabe la posibilidad de que sea una falsa sensación.

Bajo la persiana

Entre el porrazo que me acabo de propinar y el hecho incuestionable de que Martínez tiene las piernas un palmo más largas que las mías, cuando llego ante La Estilográfica Moderna, él lleva ya unos segundos inmóvil, jadeante, plantado ante el escaparate.

–¿Por qué está cerrada la persiana? –pregunto–. ¿No la dejó usted arriba cuando nos marchamos de aquí?

Martínez abre los brazos, dejando patente que su perplejidad no es inferior a la mía. La luz que centellea en la fachada ilumina intermitentemente nuestras respectivas expresiones de asombro.

–Sí, sí, claro que sí. Abierta. La dejé abierta.

–Vamos, levántela –le digo ahora–. ¿A qué espera?

Martínez me mira, perplejo.

–¡Vamos, hombre! –insisto.

–¿Eh...? Sí. Sí, claro... Ya voy, ya voy...

Con palpable nerviosismo, Martínez rebusca interminablemente en sus bolsillos hasta encontrar la llave del mecanismo eléctrico de apertura. Saca varios llaveros, duda y duda. Por fin, da con el llavín especial de tipo «chicago», lo inserta en la cerradura de la fachada y lo acciona. Apenas se ha alzado algo más de dos palmos cuando la persiana se detiene.

–¿Qué ocurre? –pregunto.

–¡No lo sé, maldita sea! – exclama Martínez, accionando la llave nerviosamente a un lado y otro–. De repente, esto no funciona. Parece que se ha estropeado.

—Creo que el hueco es suficiente para pasar por debajo —le digo, mientras me tiro al suelo e introduzco un brazo y la cabeza por el espacio que ha quedado libre entre la persiana y el suelo—. ¡Empújeme!

Mi intención es pasar al otro lado de la persiana y luego reclamarle a Martínez las llaves de la puerta y la clave de la alarma para desactivarla. O, por lo menos, averiguar qué está ocurriendo dentro de la tienda, si es que la alarma no se ha disparado de manera fortuita.

Sin embargo Martínez, en lugar de ayudarme, sigue empeñado en accionar el mando de la persiana eléctrica. Y de pronto, cuando ya he conseguido pasar los hombros bajo la persiana y empiezo a ver fácil lograr mi objetivo, siento una poderosa presión en el pecho.

—¡Aaah..! —grito—. ¡La persianaaa! ¡Está bajando! ¿Qué hace, Martínez?

—Disculpe, disculpe... —le oigo farfullar, apuradísimo—. Esto no va bien y... ¡No sé qué ocurre! ¡Ay, madre, qué nervios...!

—¡Martínez, por Dios, detenga esto! ¡Que me ahogo! ¡Que me va a partir en dos!

—¡Tranquilo, ya se ha parado! Pero ahora no consigo que suba...

—¡Sáqueme de aquí! ¡Auxilio! ¡Mis costillas! ¡Que me muero, Martíneeez! ¡Tire de mis piernas hacia fuera! ¡Aaaay...! ¡Así no, hombre, que me va a arrancar la cabezaaa! ¡Aaaaah...!

—Me parece que se ha quedado atascado —oigo comentar a Weimar en dos idiomas.

—Es que ha pillado un pliegue de la chaqueta y no hay forma de moverlo —comenta un espontáneo; uno de los muchos que ya se deben de estar congregando en las proximidades, procedentes de los *pubs* y discobares cercanos.

—¡Eeeeh...! ¡Hagan algo! —suplico, jadeante—. ¡Que me está dando un calambre en la espalda! ¡Aaaaah...! Maldita sea... ¡Aaaah, mi espaldaaa!

—Tranquilo, Escartín —oigo decir a Martínez—. Weimar ha llamado a los bomberos con su teléfono móvil. Estarán aquí en dos minutos. Ellos le sacarán.

Los bomberos. Bien. Los bomberos. Sensacional.

Siento unas palmadas en el muslo al tiempo que reconozco la voz del señor Odermann.

—Ascortín —dice, apremiante, destrozando la correcta pronunciación de mi apellido—. ¿Está la pluma?

—¿Qué? ¿Qué dice?

—¡La pluma, maldita sea! ¿Está la pluma? ¿Puede ver la Amsterdam desde ahí?

—¿Y yo qué sé? Si le digo lo que me importa en este momento a mí su pluma... A ver... espere, voy a intentar echar un vistazo...

Girando hacia atrás la cabeza hasta situarme en una postura que me habría valido plaza de contorsionista titular en el circo Atlas, logro lanzar una mirada al interior del local a través del cristal de la puerta de entrada.

—Creo... creo que sí. Sí, sí, ya la veo. Puedo distinguirla claramente. Está ahí, dentro de su urna, tal y como la dejamos antes. No hay duda. No se preocupe, Odermann. Todo va bien.

–Bueno. Bueno, menos mal –dice el alemán, suspirando con alivio.

Follón

–¿No oyes mucho jaleo en la calle, Carlos?

–Es normal, Loredana, no te preocupes –respondo, sin dejar de golpear el suelo con el mazo–. Estamos en una zona de «marcha» y es viernes por la noche.

–Ya, pero... parece que algunas de las voces se escuchan justo aquí debajo...

–No hagas caso. Ya sabes lo escandalosos que somos los españoles. Sobre todo, con unos cubatas de más en el cuerpo.

Uvimóvil

De pronto, cuando el dolor comienza a hacerse insoportable, siento con alivio que decrece la presión sobre mi pecho. Con ayuda de dos gatos hidráulicos, los bomberos están apalancando la persiana para poder liberarme.

–¡Listo! –indica uno de ellos–. ¡Ya está libre! ¡Fuera con él, muchachos!

En un pispás, ocho manos me extraen de mi encierro, me sacan al exterior y me colocan sobre una camilla. Un médico vestido como un explorador de los tiempos de Stanley comienza a palparme las costillas.

–Cuide... ¡Ay! ¡Ojo, ojo, doctor...! ¡Huy!

–¿Siente dolor? –me pregunta.

–No, no... lo que pasa es que me hace usted cosquillas, hombre... ¡Ay! ¡Ja, ja, ja...! ¡Huy! ¡Huy, huy!

Con el rabillo del ojo, veo cómo Martínez se agacha y entra en su tienda pasando bajo la persiana a cuatro patas. Weimar, Spadolini y Günter Odermann intentan seguirle pero, por indicación del primero, quedan esperando fuera hasta que, aproximadamente medio minuto más tarde, cesa por fin el irritante sonido de la alarma y se encienden las luces del establecimiento.

–Con permiso... ¿me permiten? –digo, saltando de la camilla.

–¿Qué hace? –exclama el médico que me atiende–. ¡No se levante, hombre! Aun no he terminado el reconocimiento.

–No se preocupe, doctor. Me encuentro perfectamente. Fíjese, que incluso me ha desaparecido por completo la borrachera. Lo siento, pero necesito saber qué ha ocurrido dentro de la tienda.

–Pero, pero...

Un paraguas

Al entrar en La Estilográfica Moderna me encuentro a Odermann, a Martínez, al italiano y a Otto Weimar, boquiabiertos y mirando al techo. Me añado al grupo de estupefactos.

–¿Qué... demonios es eso? –pregunto en voz baja.

–Yo diría que es un paraguas –responde Weimar, con un susurro parecido al mío.

–¿Y esos golpes? ¿De dónde vienen?

Odermann me mira y, abriendo mucho sus ojillos azules, señala con el dedo hacia lo alto.

De pronto, Martínez alza los brazos.

–¡Cuidado! –grita–. ¡Atrás! ¡Atrás todos! ¡Fuera de aquí! ¡Esto se hunde!

Corremos los cuatro en dirección a la puerta de la tienda. Antes de haber llegado a ella, un crujido terrorífico nos anuncia la catástrofe.

Grietas

–Carlos...

–¿Qué pasa ahora? Con tanta interrupción no vamos a terminar nunca, Loredana...

–Que se están abriendo unas grietas muy gordas en el suelo... ¡Deja de dar golpes! ¡Ay, *mamma mia*! ¡Esto se mueve...! ¡Ay! ¡Otra vez!

–¡Ostras, tienes razón! ¡El suelo se hunde! ¡Larguémonos!

Con la última sílaba todavía en la boca, intento incorporarme pero, antes de lograrlo, siento que cede el terreno bajo mis pies. En medio de una sucesión de horrísonos crujidos, se parte la jácena. Se desintegran las bovedillas. Sobreviene el cataclismo.

137

—¡Auxiliooo...! —gritamos Loredana y yo mientras nos precipitamos al interior del local de mi padre por el camino más corto posible, tragados por el derrumbe; envueltos en polvo y cascotes.

Terremoto

La avalancha de escombros nos pilla en el rincón más cercano a la puerta. Es una suerte, porque son los mostradores más alejados de ese punto los que sufren directamente las consecuencias del hundimiento.

—¡Un terremoto! ¡Un terremotoooo! —grita Odermann en su lengua materna, presa de un ataque de nervios.

En medio de un estruendo apocalíptico, una nube de polvo blanco comparable a una tormenta de arena en el Kalahari, inunda la tienda y nos envuelve por completo. Diez segundos más tarde, estamos todos tosiendo como silicóticos, pese a taparnos nariz y boca con la manga de la chaqueta.

Cuando, por fin, se despeja en parte la polvareda, descubrimos entre los cascotes caídos del techo dos figuras semihumanas en las que no tardamos en reconocer a Loredana Spadolini y a Carlos Martínez.

Los padres de ambos corren hacia ellos.

Odermann hace lo propio y se dirige a toda prisa, impulsado por el amor paterno, hacia su más adorada criatura: la Amsterdam Solitaire. Tras siete segundos y seis décimas de estupefacción, el alemán comienza a lanzar alaridos como un poseso mientras se lleva las manos a la cabeza.

No es para menos: la urna de cristal blindado sigue en su sitio, en el centro del local, sobre su pedestal con ruedas; cubierta de polvo pero aparentemente intacta.

Sin embargo, la pluma de Odermann ha desaparecido de su interior.

Imposible

–Escartín, quiero que se encargue del caso.

–¿A qué se refiere?

–Quiero que averigüe qué ha ocurrido con la Amsterdam y que la recupere.

–¿Ah, cómo? ¿No piensa llamar a la policía?

–Pues no –responde Martínez–. No, si puedo evitarlo. Tenga en cuenta que, si se abre una investigación oficial, mi hijo y su amiga italiana se verían en situación ciertamente comprometida.

–No creo que sea para tanto –replico–. Es cierto que han ocasionado un estropicio considerable pero cinco personas los vimos caer desde el piso de arriba y, en ese momento, la Amsterdam Solitaire ya se había esfumado de su urna. Vamos, que está clarísimo que ellos no han robado la pluma. No han tenido ocasión para ello.

–Cierto, pero sí intentaban hacerlo, según han confesado, lo cual resulta tremendamente comprometedor. En fin, que mi amigo Vincenzo y yo hemos acordado que, si podemos resolver este enigma y arreglar el embrollo por nuestra cuenta, sin recurrir a la policía, mejor que mejor.

139

Y ya que está usted aquí, hemos pensado que podría hacerse cargo de la investigación.

Me encojo de hombros muy profesionalmente.

–Muy bien. Como desee. ¿Quiere que le informe del importe de mis honorarios?

–¡Sus honorarios me importan un bledo, Escartín! Le pagaré lo que me pida. ¡Lo que sea! Y si recupera usted la Amsterdam le daré el doble.

–¿El doble de qué?

–¡El doble de lo que sea, demonios!

No puedo evitarlo: miro a Martínez de hito en hito.

–A ver, deje que me aclare... ¿Quiere decir que... me va a pagar el doble de mis honorarios si recupero una pluma... que no es suya?

–¡Naturalmente! ¿No se da cuenta de mi situación? Esto es... es una horrible desgracia y un enorme descrédito para mi establecimiento. ¿Quién dejará en mi tienda una estilográfica para reparar si no soy capaz de evitar que me roben la pluma más cara del mundo el día de su presentación mundial? ¡Vamos, Escartín! No pierda más el tiempo. ¡Investigue! Nos marchamos de la tienda hace poco más de tres horas. La pluma ha desaparecido en nuestra ausencia. ¡El ladrón no puede andar muy lejos! ¡Saque su lupa y póngase a investigar, caramba!

Por increíble que pueda parecer, esto tiene toda la pinta de ser un trabajo. Y eso significa la posibilidad de ganar una cierta cantidad de dinero.

¡Dinero! ¡Guita! ¡Pasta gansa! ¡Vil metal! Oh, mágicas palabras...

Sin embargo, mi sexto sentido me dice a gritos que no debo aceptar. Un malísimo presentimiento ronda por mi cabeza. Y mis presentimientos no fallan jamás. Estoy seguro de que aceptar el trabajo que me ofrece Martínez puede acarrearme fatales consecuencias. La ruina moral y económica, tal vez. Así, pues, la decisión, por absurda que parezca, está tomada:

–Conforme, Martínez. Acaba usted de contratarme. Serán cincuenta mil al día y doscientas mil más si encuentro la pluma esa tan bonita.

–¡De acuerdo!

¡Huy...! Mal asunto. Mi experiencia me dice que todo aquel que acepta sin rechistar un precio exageradamente alto es porque no tiene intención alguna de pagarlo.

–No se moleste, amigo mío –le digo– pero... los diez mil primeros duros los quiero por adelantado. Y «por adelantado» significa antes de ponerme a trabajar.

Martínez resopla sonoramente.

–Muy bien. Voy al cajero automático de la esquina y vuelvo con su dinero. ¡Pero empiece a investigar ya! ¿De acuerdo?

–Usted manda, jefe.

Comienzo por echar un detenido vistazo al local. Pese a mis intentos por anotar detalles reveladores del escenario del robo, mi atención se dirige una y otra vez a la urna de cristal, aparentemente intacta e inexplicablemente vacía.

Odermann se me acerca en este momento. Se ha transfigurado. Ha superado la incredulidad y la desazón tras el descubrimiento de la ausencia de su adorada estilográfica.

Ahora, el alemán ofrece una imagen fría y fiera, que da miedo. Claro está que esa nueva imagen puede deberse en buena parte al polvillo blanco que lo cubre de los pies a la cabeza y que le hace parecer un cadáver viviente en proceso de momificación. Que es exactamente lo mismo que nos ocurre a Martínez, a Weimar, a Spadolini y a mí mismo, dicho sea de paso.

–Ascortín... Al parecer, Martínez acaba de contratarle –me dice en su inglés de bachillerato–. Espero que encuentre mi pluma.

–También yo. Pero el tema está chungo.

–¿Chun... go?

–Difícil. ¡Ah! Y mi apellido no es Ascortín sino Escartín. Es-car-tín.

Odermann solo mantiene la compostura gracias a su rígida educación germánica. Pero noto que está a punto de estallar en un ataque de rabia. O quizá de desmoronarse y echarse a llorar como un niño al que le han robado la merienda.

–Voy a tomar un poco el aire. Si me necesita, llámeme, Ascortín.

–Descuide.

Antes de salir del local, Odermann vuelve sobre sus pasos.

–Perdone, perdone... Estaba pensando... Hace unos minutos cuando se encontraba usted atrapado bajo la persiana y le pregunté si la Amsterdam seguía en su sitio... usted me dijo que sí. Que la estaba viendo dentro de la urna.

–Lo recuerdo.

–¿Está usted seguro de eso? Me parece algo asombroso porque apenas tres minutos después entramos en la tienda... y la pluma había desaparecido.

Asiento lentamente.

–Sí, ya he pensado en ello. Y reconozco que parece cosa de magia. Sin embargo, estoy seguro de lo que vi. Cuando miré hacia la urna, su pluma estaba allí, en su interior. Donde la dejamos hace tres horas. Se lo garantizo.

–¿Está seguro de que se trataba de la Amsterdam Solitaire?

–Hombre... ¿qué iba a ser, si no? La distancia era grande, había poca luz, mi postura era muy forzada y la persiana metálica estaba a punto de dividirme en dos. Pero no era un espejismo. La urna no estaba vacía, como lo está ahora. Seguro. El soporte en que se apoya la pluma es completamente transparente, así que no pude confundirlo con la Amsterdam. No puedo garantizarle que se tratase de su estilográfica pero sí le aseguro que, cuando miré, dentro de la urna había algo que se parecía a su pluma como una gota de agua a otra. Es todo cuanto puedo decirle.

–Pero, entonces... ¿cómo es posible que ahora no esté?

–Aparentemente inexplicable, ¿verdad? Sin duda, nos hemos topado con un ladrón extremadamente ingenioso.

La urna en celo

Al inspeccionar la urna solo encuentro un detalle inesperado: un pequeño trozo de cinta adhesiva transparente pegado en la parte trasera del cristal superior. Apenas tiene cinco o seis centímetros de largo y entre uno y dos de ancho.

Despego con la uña uno de los extremos y voy tirando de él hasta arrancarlo por completo. Me pregunto cómo demonios habrá ido a parar ahí ese trocito de celo.

Por lo demás, no hay ni el menor indicio del modo en que ha podido violentarse la urna. Ni una muesca. Ni un arañazo. Ni una sola huella.

El sobre

Bostezando como un hipopótamo, cojo el dinero que Martínez me tiende y me lo guardo en el bolsillo interior de la americana sin contarlo.

–Oiga, Escartín –me dice él– verá... en fin, yo no soy detective pero creo... creo que lo más sorprendente de este asunto es que el ladrón...

–¡O ladrones...! –me apresuro a corregir.

–O ladrones, tiene usted razón, hayan logrado sacar la pluma del interior de la urna en tan poco tiempo, pese al sofisticadísimo sistema de seguridad con que cuenta.

–Sí, claro, claro. Todo un misterio... ¿Y qué?

–Pues que... no sé... eso de abrir la urna, llevarse la pluma y molestarse en volver a cerrar la urna... ¿no es un poco raro? Lo lógico sería haberla dejado abierta.

–Cierto –confirmo–. Una extraña actitud. Puede tratarse de una chulería por parte de los atracadores. Nosotros pensamos que la urna es inviolable y ellos no solo la abren sino que la vuelven a cerrar. Y todo ello, en el breve plazo que media entre el momento en que yo vi la pluma en la urna, mientras permanecía atrapado por la persiana, y su entrada en la tienda, apenas tres o cuatro minutos más tarde. Y con su hijo y la chica italiana tratando de acceder al local por el techo. ¿Cómo lo hicieron todo tan rápido? ¿Por dónde entraron y salieron sin ser vistos?

–Resulta sorprendente, desde luego –admite Martínez–. Algo fuera de toda lógica.

–Quizá han querido ofrecernos una demostración de sus habilidades. Para que sepamos que nos enfrentamos a verdaderos profesionales.

–¡Exacto, Escartín! Buena deducción.

–Gracias.

–Y por eso me pregunto... si tanta seguridad en sí mismos no habrá podido llevarles a cometer un error. Acaso al manipular la urna pudieron caer en un exceso de confianza y dejar alguna pista. Quizá en su interior. Una huella dactilar, un cabello... algo así.

Miro a Martínez con atención, tratando de descubrir si va a caer víctima de un ataque de histeria.

–¿Lo dice en serio?

–Bueno... es una idea, Escartín. Solo una idea.

–Sinceramente, no me parece un buen camino. Unos ladrones tan hábiles como para burlar el sistema de seguridad de la urna, no creo que hayan dejado rastro alguno. Es más, yo diría que eso es precisamente lo que ellos desean: que abramos la urna. Y a mí no me gusta seguirles la corriente a los malos.

Martínez resopla como un cachalote.

–¡Está bien! Lo que usted diga. ¿Tiene usted una idea mejor sobre la que trabajar? ¿Otra pista? ¿Otro camino que seguir?

–Todavía no. Pero que hayamos encontrado la urna vacía y cerrada puede tener otras explicaciones.

–¿Como cuáles?

–Quizá no han intentado dejarnos un mensaje. Quizá se trata de una estratagema.

Martínez frunce el ceño.

–¿Qué clase de estratagema?

–¿Y yo qué sé? No me atosigue, Martínez. Le recuerdo que yo soy el detective y usted, el cliente. El ritmo de la investigación lo marco yo. Si quiere despedirme, está en su derecho pero, mientras yo siga a cargo del caso, déjeme hacer las cosas a mi manera, ¿de acuerdo?

Mi cliente gruñe ahora como un oso pardo. Alza los brazos.

–¡Bueno, bueno...! ¡Está bien! Pero sigo pensando que deberíamos abrir esa urna y examinarla por dentro. Por algún sitio hay que empezar, ¿no?

Vuelvo a lanzar una profesional mirada circular al escenario del robo. Me fijo entonces en una vitrina cuajada de estilográficas de magnífico aspecto que ocupa parte del lateral derecho del local. Señalo una al azar.

–Dígame, Martínez: ¿cuánto vale esta pluma? –digo, señalando un ejemplar que no habría desentonado asomando por el bolsillo del pecho de Aristóteles Onassis.

–¿Cuál? ¿Esa? Es la Waterman Edson Boucheron. Serie

limitada. Cuando se puso a la venta costaba algo más de trescientas mil pesetas. ¿Por qué?

Se me escapa un silbido.

–¡Caramba...! ¿Y esas otras?

Martínez abre los brazos de par en par.

–Pero ¿a qué viene esto? ¡Me saca usted de quicio, Escartín! No me diga que quiere comprar ahora una pluma.

–Tal vez. Vuelvo a ser rico, gracias a usted y a los honorarios que me va a pagar.

Martínez se levanta las gafas sobre la frente y se pasa las manos por la cara antes de responder.

–Todas las de la vitrina son series limitadas –me explica–. Plumas para coleccionista. Como su Odermann Cleopatra. En el momento de aparecer en el mercado, su precio oscilaba entre doscientas mil y seiscientas mil pesetas.

–¿Cada una? –exclamo, incrédulo.

–¡Claro, hombre! Cada una. Pero, como le digo, ese era su precio oficial de venta. Lo más interesante de todo esto es que una vez agotados todos los ejemplares de una serie limitada y numerada, su valor sube como la espuma. No sería descabellado pedir un millón de pesetas, o más, por una Montblanc Octavian o una Omas Galileo como estas –dice Martínez, señalando sucesivamente dos de los ejemplares de la vitrina.

–¡Asombroso! Y, sin embargo... aquí están.

Martínez parpadea una sola vez, lentamente.

–¿Cómo dice? –pregunta, en un susurro.

–No falta ninguna, ¿verdad?

Ahora me mira de soslayo. Luego, repasa la vitrina.

–Pues... no. En efecto, no falta ninguna.

–O sea que nuestro ladrón de guante blanco encuentra el medio perfecto para asaltar su tienda limpiamente... pero decide llevarse solamente la Amsterdam Solitaire, una estilográfica que no tiene posibilidad alguna de venta, despreciando olímpicamente varios millones de pesetas en plumas de coleccionista. Oiga... ¿no le parece muy raro?

Martínez se pasa ahora lentamente la mano por la calva. De delante atrás, hasta acabar por acariciarse la nuca.

–Pues... no sé... quizá... quizá no tuvo tiempo de... ¡yo qué sé! Esta es una vitrina de cristal blindado y...

–¡Vamos! ¡No me haga reír! Estamos hablando de un ladrón que ha sido capaz de abrir sin problemas una urna diseñada por la casa Stockinger. Su vitrina de cristal blindado le habría durado un suspiro. Además, el cristal será bueno, pero las cerraduras son de lo más corriente –aseguro con suficiencia, pese a que no entiendo de cerraduras más que un pescador de rodaballos–. Yo mismo podría abrirlas en dos minutos con las ganzúas que me regaló la academia CEAC cuando estudié el curso de detective privado por correspondencia. No, Martínez. Un ladrón profesional no habría dejado aquí este material por nada del mundo. Si nuestro hombre no se ha interesado por estas maravillas debe de ser por una razón muy simple.

–¿Cuál?

–Que ya las tiene en su poder.

Martínez palidece ostensiblemente.

–¿A dónde quiere ir a parar, Escartín?

Miro a mi alrededor, como si estuviese asegurándome de que nadie nos escucha.

–El robo, indudablemente, es el encargo de un coleccionista. De un gran coleccionista. Alguien que posee ya todas aquellas plumas que es posible comprar con dinero... y que deseaba tener esa pieza única que ni todo el oro del mundo le habría permitido adquirir.

Martínez parece haberse quedado anonadado.

–Dios mío... –balbucea, al cabo de unos segundos–. Es posible que tenga razón, Escartín.

–Usted conoce bien este mundillo. ¿Cuántas personas recuerda que puedan encajar en ese retrato?

Martínez alza la vista hacia lo poco que queda del techo mientras hace memoria.

–Déjeme pensar... coleccionistas del más alto nivel no deberíamos considerar a más de tres o cuatro personas en toda España. Y dos de ellos han estado aquí esta tarde: Luis Nieto de Losada y Elisenda Valverde.

–Interesante... –me escucho decir a mí mismo, mientras tomo nota mental de ambos nombres.

–Pues si está usted en lo cierto –vuelve Martínez a la carga– hay más motivos que nunca para abrir esa urna. Con un plantel de sospechosos tan reducido, cualquier rastro, cualquier resquicio, cualquier señal nos puede llevar al culpable de forma inmediata, ¿no cree?

Ya está otra vez. ¿Por qué Martínez me da tanto la tabarra con eso de abrir la urna? No lo entiendo. ¡Pero si está vacía!

–Puede que sea una buena idea pero... Es que, según parece, abrir la urna resulta algo complicadillo ¿no? Vaya, si no he entendido mal las explicaciones del amigo Odermann, es preciso que se personen aquí con sus respectivas llaves tres empleados de su empresa que ahora estarán durmiendo tranquilamente en Alemania.

–¡Vamos, hombre! ¡Eso no es problema! Solo tiene que insinuárselo a Odermann y los obligará a acudir aquí en patinete, si es preciso.

–Lo pensaré esta noche.

–¿Esta noche? ¿Y por qué no ahora? Esos tres hombres podrían estar aquí mañana por la mañana. ¿Por qué perder el tiempo?

Me saca de mis casillas este tipo. ¡Qué pelma!

–¡Está bien! –accedo, por no seguir discutiendo–. De acuerdo, Martínez, de acuerdo. Ahora mismo se lo pediré a Odermann. Oiga, ¿siempre es usted así de pesado?

–Por supuesto. ¿Cómo, si no, podría vender estilográficas de cuarenta mil duros a gente como usted?

–Cierto.

Siete: el fin del enigma

Al otro día

Entre tinieblas

Prácticamente no he pegado ojo en toda la noche, lo que significa que, a la hora de levantarme, entre la falta de descanso, las emociones vividas al descubrir el robo de la Amsterdam y la resaca por los excesos cometidos junto a Martínez y sus amigos, me encuentro hecho unos zorros.

Además, en estas pocas horas de duermevela, he soñado mucho. Sueños absurdos, sin sentido, sobre robos imposibles como el sufrido ayer por la pluma carísima de Odermann.

Me he acostado pasadas las cuatro de la madrugada. A las siete y media ya estaba dando vueltas en la cama, atormentado por el misterio de la desaparición de la Amsterdam Solitaire.

Ahora, treinta minutos más tarde, sigo como dentro de una pesadilla, repasando una y otra vez los acontecimientos, los datos, los hechos, tratando de encontrar alguna explicación razonable a los acontecimientos vividos la pasada madrugada.

¿Cómo pudo alguien abrir una urna inexpugnable sin activar el mecanismo de autodestrucción, llevarse la pluma y volver a cerrar la urna sin ser visto, sin dejar rastro alguno y, lo más sorprendente, sin haber tenido tiempo material para hacer nada de todo eso?

Vuelvo a hacer memoria, una vez más.

Al dejar La Estilográfica Moderna, dejamos la persiana del escaparate abierta y la pluma a la vista, en el centro de la tienda. Tres horas más tarde, cuando regresamos atraídos por el sonido y los destellos de la alarma, la persiana estaba cerrada. Al intentar levantarla, se estropeó y, mientras me encontraba atrapado por ella, logré echar un vistazo y estoy convencido de que la pluma seguía allí. Pero cinco minutos después, había desaparecido. El ladrón tenía, por tanto, que encontrarse ya en el interior de la tienda de Martínez en esos momentos. Tuvo que actuar en el cortísimo espacio de tiempo que medió entre mi rescate por parte de los bomberos y el momento en que Martínez entró en la tienda. Pero en ese caso... ¿cómo escapó el ladrón? En ese local no hay otra salida que la puerta principal. Imposible que lograse salir por ella. Detrás de Martínez entraron en la tienda Weimar, Odermann y Spadolini y, por último, casi de inmediato, yo mismo. Mientras el médico de los bomberos me estuvo atendiendo, no aparté la vista de la fachada de La Estilográfica Moderna. Pero cuando entramos en la tienda, ni la pluma ni el ladrón estaban ya allí.

Carlos Martínez y Loredana pretendían acceder a la tienda por el techo, pero aún no lo habían conseguido. ¿Quizá el estropicio que provocaron permitió al ladrón trepar al piso superior y escapar por allí? Hubo unos pocos segundos en que todo el local estuvo lleno de polvo en suspensión, es cierto, pero... No, no puede ser. Éramos siete personas, contando a Carlos y Loredana. Alguno de nosotros tendría que haber visto algo.

Y, sobre todo, por encima de todo: ¿cómo demonios logró el ladrón abrir esa urna dotada con un sistema de seguridad aparentemente insuperable? ¡Es imposible!

Imposible.

Si algo aprendí leyendo en mi adolescencia las novelas de Sherlock Holmes fue a descartar lo imposible. Según decía el famoso detective, si algo es imposible, no merece la pena perder el tiempo buscándole una explicación. Lo que sea, sin duda, ocurrió de otro modo.

Y si ocurrió de otro modo... ¿cómo demonios ocurrió?

Está claro que me enfrento a un caso de novela. ¡Por fin! Desde el secuestro de Galindo, mi primer desafío como detective, no había tenido en las manos más que casos corrientes y molientes. Y reconozco que esos asuntos no se me dan nada bien. Aunque las bases del oficio las aprendí con el curso de la academia CEAC, mi verdadera formación como detective procede de las grandes novelas de intriga, de los grandes detectives literarios, cuyas hazañas devoraba desde niño. Y esos detectives nunca se enfrentan a casos vulgares sino a enigmas complejísimos, aparentemente imposibles de desentrañar. Esos son los casos que a mí me van. Por desgracia, esos misterios «de novela» no abundan en la vida real. Y, claro, así me va.

Pero este, sí. Este es un desafío diferente, un asunto en el que puedo lucirme, después de tantos años de fracasos y mediocridad.

La lógica de los hombres corrientes me resulta, las más de las veces, incomprensible y tediosa. Pero este robo lo ha planeado una mente privilegiada. Una mente literaria. Un tipo listo. O una tipa lista. Me gusta.

Normalmente, ante un robo, suele estar clara la manera en que se llevó a cabo y la investigación se centra en averiguar quién lo hizo y cuál es su paradero. Pero aquí... aquí yo creo que, al contrario, si descubro cómo lo hicieron, la identidad de los ladrones quedará inmediatamente al descubierto.

Bonito desafío.

De momento, voy a ducharme.

Eureka

Suelo empezar con el agua muy caliente para, poco a poco, ir dejando que se enfríe. Es una maravillosa sensación sentir cómo la cabeza se despeja conforme disminuye la temperatura. Paulatinamente, los músculos se tensan y las nubes del sueño se disipan. A veces, la solución a los problemas se vuelve nítida en esos instantes y es como terminar un examen, como vencer una batalla, como ganar una partida de ajedrez. Te sientes en la gloria.

Hoy, sin embargo, el método no parece haber surtido efecto. Cuando cierro el grifo y pongo los pies chorreantes sobre la alfombrilla situada al pie de la bañera, el misterio de la desaparición de la Amsterdam sigue intacto en mi mente.

Me contemplo en el espejo, tras retirar el vaho con la mano. Estoy entrando en una edad peligrosa. Cada vez me queda menos pelo. Tendré que empezar a pensar en usar sombrero. Entonces sí que pareceré un detective de película de serie negra. También podría comprarme un peluquín. ¡Ja, ja...! No, eso no. No sería yo. Me miraría al espejo por las mañanas y sería como ver a otra persona. Tengo que hacer deporte e imponerme algo de dieta para...

¡Clic! Un chispazo.

¿Qué es lo que acabo de decir? Sé que, de modo inconsciente, he dicho algo importante, pero... ¿qué era?

¿Dieta? ¿Deporte? No, no, no... no era eso. Antes. He dicho algo antes que ha hecho saltar la chispa.

Otra persona. Eso he dicho. ¿Era eso? Otra persona. Con un peluquín, sería como ver a otra persona. Eso es. Me miro en el espejo, entorno los ojos y me imagino con peluquín. Yo mismo, convertido en otra persona.

¡Clic! Otro chispazo. Un escalofrío.

¿Qué está pasando? Hay algo importante, lo estoy rozando con la punta de los dedos pero no consigo aprehenderlo. ¿Qué es? ¿Qué es? Vamos, vamos, necesito saber qué es....

Otra persona. Clic. Otra persona. Clic. Dos personas. Clic. Una y otra...

¿Qué significa...?

Me siento en el borde de la bañera, tratando de aclarar mis ideas. A veces no es más que cuestión de cerrar los ojos y dejar que las imágenes que fabrica el cerebro fluyan como en una película. No sabes lo que va a ocurrir pero basta con esperar, con estar atento al desarrollo de la trama, con no pasar por alto ninguna de las escenas. La película te contará, te mostrará lo que necesitas saber.

Y ahí llega la secuencia definitiva.

La veo. La estoy viendo. ¿Será posible? ¿Así de fácil?

La navaja de Ockham. Entre varias soluciones posibles, la que cuenta con mayores posibilidades de certeza, es siempre la más sencilla.

Si es así, si Ockham tenía razón, creo que ya sé cómo robaron la Amsterdam. O, al menos, tengo una teoría que me gusta. Sencilla.

Sin embargo, no debo precipitarme. ¿Encajan todos los detalles? ¿Y el tiempo? ¿Pudieron hacerlo en tan poco tiempo?

Lo mejor y lo peor es que, si estoy en lo cierto, no solo está claro cuándo y cómo se efectuó el robo. Tal y como yo sospechaba, también es evidente quiénes fueron los ladrones. Y eso ya no me gusta nada.

Mal asunto, Fermín. Mal asunto.

Me he quedado frío aquí, sentado en la bañera. Tengo que ponerme en marcha de inmediato. Y no solo porque necesito entrar en calor sino porque he de hacer rápidamente algunas comprobaciones. Atar todos los cabos.

Aún puedo estar completamente equivocado, por supuesto. Si dejo algún fleco suelto y meto la pata se me puede caer el poco pelo que aún me queda. He de darme prisa. Odermann me aseguró ayer que a las doce de esta mañana estarían sus tres empleados en la tienda de Martínez, pertrechados cada uno de ellos con su llave personal de seguridad, dispuestos para abrir al unísono la urna blindada. Es un espectáculo que no me perdería por nada del mundo.

Y antes de eso tengo que haberme asegurado hasta del último detalle.

Nada más salir de mi piso, en el rellano de la escalera, coincido con Horacio, mi vecino de enfrente.

–Buenos días, Horacio.

–Hola... –susurra él, mirándome de un modo muy extraño.

–¡Ejem...! ¿Te ocurre algo?

–Pues... a mí no. Pero tú... ¿te encuentras bien, Fermín?

–Creo que sí. ¿Por qué?

Horacio traga saliva y me mira de arriba abajo. Entonces caigo en la cuenta de que sigo todavía completamente desnudo.

Hospital de N.ª S.ª de Gracia

–Buenos días, señorita. ¿Las habitaciones de Carlos Martínez y Loredana Spadolini? Los han ingresado esta noche, de madrugada.

–La doscientos tres y doscientos cinco. Pero no son horas de visita.

–Ya, ya lo sé. Por eso vengo. Esto no es una visita. Estoy realizando una investigación. Soy detective privado.

Para confirmarlo, le muestro el recibo justificativo de haber pagado el curso CEAC de detective por correspondencia. Lo plastifiqué y lo llevo siempre en la cartera. Es mi única credencial, porque el diploma oficial es una cartulina de tamaño doble folio y resulta muy incómoda de llevar en la cartera.

La recepcionista del hospital examina el documento.

–Ah, ya veo. Detective, ¿eh? Como el teniente Colombo.

–N... no. No exactamente, señorita. Colombo es un policía. Yo soy más bien como... como Pepe Carvalho.

–¿Quién?

–¿No conoce al famoso detective de novela creado por Manuel Vázquez Montalbán?

–Vázquez ¿qué?

–Nada, nada... es igual.

–¿Cómo es que no lleva usted gabardina? Pensaba que todos los detectives la usaban.

–Por supuesto. Siempre. Sobre todo aquí, en Zaragoza, con lo mucho que llueve –ironizo–. Hoy no la llevo porque la he dejado en el tinte. Tenía manchas de sangre, ya me entiende. Mi último caso fue tremendo. Una verdadera carnicería.

Mi guiño es inmediatamente correspondido.

–Oh, claro. Comprendo. Vaya, vaya a hacer su trabajo, detective.

Como son solo dos pisos, decido subir andando. Así, de camino, puedo preparar las preguntas que quiero hacerles. Si es que están en condiciones de responder, claro.

En realidad, ambos chicos se encuentran perfectamente. Los ingresaron de inmediato en el Hospital Provincial más que nada como medida de precaución, para tenerlos en observación y por si hubiera alguna herida interna bajo las muchas magulladuras que habían sufrido al aterrizar entre los escombros. Al parecer, les darán el alta a lo largo de esta misma mañana.

La razón de mi visita es preguntarles por los motivos que les llevaron a intentar aquel torpe asalto a La Estilográfica Moderna. De Carlos solo consigo la respuesta de que todo lo ha hecho porque Loredana se lo había pedido, lo cual parece producirle cierta vergüenza.

–Muchacho, te aseguro que Loredana me parece el mejor de todos los posibles motivos para cometer una locura de esta magnitud. En tu lugar, yo habría hecho exactamente lo mismo que tú, sin dudarlo ni un minuto. Aunque no lo creas, todos los días hay gente que roba, agrede, traiciona y mata por razones muchísimo menos importantes que el amor de una chica. No digamos, de una chica como ella.

Pese a mi entusiasmo, compruebo que mis observaciones no parecen tranquilizarlo lo más mínimo.

–Solo una duda más, aunque imagino la respuesta.

–Usted dirá, detective.

–Tenías llave de la persiana y de la puerta de la tienda.

¿Por qué no entrar sencillamente por ahí en lugar de atravesar el techo y organizar semejante estropicio?

–Pensamos que usar las llaves nos delataría de inmediato. Por el contrario, un robo complicado, costoso y planeado desde fuera, nos debía dejar al margen de toda sospecha.

–Claro. Bien pensado.

Vendetta

Loredana, al contrario que Carlos, sí me aporta una información trascendental. Según parece, ella era el cerebro de la operación.

–Quería robar la Amsterdam, simplemente para esperar a que la urna explotase y devolverle las cenizas a Odermann con una nota agradeciéndole el haber llevado a la ruina la empresa de mi padre.

–¿Odermann ha hecho quebrar la empresa de tu padre?

–Se trata de una historia larga, pero así es.

–O sea, que tus motivos se reducían a simplemente, eso: una venganza.

–A nada más y nada menos que eso, detective. *Vendetta*.

Vincenzo Spadolini está con nosotros en la habitación. Noto en su mirada que las palabras de su hija lo han emocionado. Supongo que es el carácter que un siciliano espera de su heredero. Aunque sea una mujer.

–El motivo está claro y resulta comprensible –concedo–. El plan era ingenioso y atrevido, lo reconozco. Sobre el papel podía saldarse con un éxito. Pero la realización resultó atrozmente chapucera, lo cual es un error muy frecuente en la juventud. Mira, joven, un atraco es como una revolución: las ideas son lo importante, desde luego. Pero lo difícil es llevarlas a la práctica. Y sobre todo, para tener éxito hay que saber escoger a los compañeros de viaje. Para estas decisiones, por desgracia, el amor no suele ser un buen criterio.

–Gracias por el consejo, detective. No lo olvidaré.

No puedo evitar sonreír.

–¡Oh! Claro que lo olvidarás. Todos lo hacemos. Al final, siempre nos fiamos del amor. Una y otra vez. Lo mezclamos ingenuamente con los negocios y por eso salimos escaldados con tanta frecuencia.

–Es usted un auténtico filósofo, por lo que veo.

La entrevista con los Spadolini dura cerca de una hora. Y me cuentan con suficiente detalle todo lo que les concierne en este asunto: lo de la serie limitada Julio César, lo del viaje en el *Enllá*, lo del diamante Azancot... Cada dato que me proporcionan, encaja con los que ya tengo como piezas de un rompecabezas. Un rompecabezas ciertamente complicado pero que, conforme crece, se vuelve más y más sencillo de interpretar.

–Por cierto, señor Spadolini, ¿tiene usted amistad con Martínez?

–La tengo, desde luego. Y desde hace muchos años.

–Entonces, supongo que sentiría como una traición personal que Martínez le ofreciera el diamante Azancot a Odermann ¿no? Quizá hacer una pluma como la Amsterdam Solitaire habría devuelto a su empresa, de un plumazo, el prestigio perdido con el fiasco de la Operación Julio César.

El italiano sonríe.

–No. Yo no habría podido comprar el Azancot en ese momento. El desastre de la Julio César fue un durísimo golpe y, aunque no estamos en bancarrota, como cree mi hija, sí dejó a mi empresa sin posibilidades de fabricar un artículo tan sofisticado y caro como la Amsterdam.

–¿Y Günter Odermann? ¿También es buen amigo de Martínez?

Antes de responderme, don Vincenzo hace un gesto difícil de interpretar.

–A todo aquel que se dedica a la venta de estilográficas de alto precio le interesa llevarse bien con Odermann. Pero de ahí a decir que son amigos... Mire, yo creo que Günter Odermann es un hombre sin amigos. Sin amigos de verdad, quiero decir. Enemigos, los que usted quiera. Pero amigos, amigos...

–¡Qué casualidad! Yo me había creado exactamente esa misma opinión de su colega. Gracias por confirmar mis sospechas.

Establecimientos Rived

162 En el bolsillo interior de la americana que utilicé para acudir a la presentación de la Amsterdam, guardaba todavía,

aunque un tanto arrugada, la fotografía que Martínez regaló a cada uno de los asistentes posando junto a la pluma protagonista del acto. En el dorso, la foto lleva estampado el sello de una casa de artículos fotográficos muy cercana a La Estilográfica Moderna. Laboratorio fotográfico Rived. Hacia allí me dirijo al salir del hospital.

Al entrar, me atiende un tipo que se parece a Milikito.

—Buenos días. Verá... estuve ayer en la fiesta que dio el señor Martínez, el de la tienda de estilográficas de la calle Méndez Núñez. Al final del acto nos repartió unas fotos tomadas por su hijo y, por lo que he visto, esas fotos fueron reveladas aquí.

—Ah, sí, sí... Cierto, cierto. El señor Martínez es un buen amigo y me quedé más allá del horario normal para hacerle ese trabajo. ¿Le gustaron sus fotos?

—Mucho. Por eso vengo. Me gustaría encargarle un par de ampliaciones.

—No faltaría más. ¿Qué tamaño prefiere?

—Pues... el mismo que utilizó usted ayer para ampliar la foto de la estilográfica.

El empleado, ataviado con bata blanca, parpadea un par de veces antes de alzar las cejas.

—¡Ah, sí, ya recuerdo...! Lo que ocurre es que esa ampliación en concreto fue un encargo especial del señor Martínez. Treinta y dos por treinta y dos centímetros no es un tamaño estándar en fotografía. A usted se las podemos hacer a treinta por treinta y cinco. La diferencia no es apreciable y le saldrán mucho más baratas porque no requiere manipulación. ¿Ha traído el negativo?

–¡Oh...! Pensé que los tenían ustedes.

–No, no. Se los llevó todos el señor Martínez.

–En ese caso, le pediré los míos y volveré. Muchas gracias.

No puedo evitar sonreír al abandonar la tienda. Hay que ver lo fácil que resulta hacer hablar a la gente mostrando seguridad en tus palabras. Ahora, ya tengo la confirmación de que voy por el camino correcto.

Como un tornado

Llego con mucha antelación a La Estilográfica Moderna, lo que me permite charlar con los operarios que arreglan en ese momento la maltrecha persiana metálica del establecimiento.

–Vaya destrozo ¿eh?

–Ya ve... Los bomberos son como un tifón: arrasan todo lo que pillan en su camino. Yo no sé si, en ocasiones, no sería preferible dejar que el incendio hiciera su trabajo antes que llamarlos. Habría casos en que saldríamos ganando. Fíjese cómo han dejado esta persiana. Posiblemente, la podían haber levantado con las manos. Pero no: tuvieron que meter dos gatos hidráulicos y dejarla como una lata de sardinas en aceite. ¡Ya ve usted! Tendremos que cambiar diez o doce secciones de la persiana y aún no sé si podremos salvar las guías.

–Eso, además de arreglar el motor ¿no?

–¿El motor? ¡Ah, no! Hemos probado el motor y, por fortuna, parece funcionar perfectamente. Es de una buena marca y no suelen dar problemas.

—Pues ayer se atascó. Por eso tuvieron que intervenir los bomberos.

—¿Está seguro de que se atascó el motor?

—Segurísimo. Como que me pilló a mí debajo. Casi me parte por la mitad.

—¡Qué raro! En fin... haremos una nueva comprobación cuando hayamos cambiado las secciones estropeadas.

—Gracias por la información. Otra cosa: ¿podría prestarme su metro flexible un momento? Necesito tomar una medida. En seguida se lo devuelvo.

Me acerco hasta la urna, que sigue allí, cubierta de polvillo blanco, a la espera de ser abierta por los empleados de Odermann, que deben de estar a punto de llegar. Tomo la medida de sus aristas, procurando ser lo más exacto posible. En todos los casos la cifra es la misma: se trata de un cubo perfecto, de treinta y dos centímetros de lado.

Finiquito

Cerca de la una, con algo de retraso, aparecen Weimar y Odermann acompañando a sus tres empleados, recién llegados en avión privado desde Hamburgo. Tras las correspondientes presentaciones y dado el lamentable estado en que ha quedado la tienda tras el derrumbe del techo, se decide trasladar la urna hasta la casa de Martínez, distante de allí unos doscientos metros.

Tras cubrirla con su paño azul, Günter Odermann la abraza como si se tratase de un bebé, e iniciamos el camino, formando una curiosa comitiva. Martínez y Weimar en cabeza. Odermann, tras ellos. Spadolini, su hija y Carlos Martínez, recién llegados del hospital, cierran junto a mí la procesión.

El trayecto me sirve para interrogar al alemán sobre un asunto que me interesa.

—Ahora que no nos oye nadie, dígame, *Herr* Odermann... ¿Qué opinión le merece a usted el señor Weimar?

Odermann me mira, sorprendido por mi curiosidad, supongo.

—¿Otto Weimar? Es un buen empleado, desde luego. Desde hace muchos años cumple sobradamente con los objetivos comerciales que la empresa le plantea...

—Eh, eh... me gustaría, si es posible, una respuesta sincera por su parte. Tiene que ver con la investigación para encontrar la Amsterdam Solitaire.

Odermann frunce el ceño. De reojo, busca a Weimar. Quiere asegurarse de que no le oye. Medita la respuesta unos segundos. Por fin, accede.

—De acuerdo, Ascortín, le diré la verdad: pienso despedir a Otto Weimar a final de año. Mi departamento de recursos humanos ya trabaja en ello.

—¿Por qué razón?

—Porque... he perdido la confianza en él.

—Entiendo. Imaginaba algo así. ¿Y él lo sabe?

—Yo, desde luego, no se lo he dicho aún, pero... sospecho que en una gran empresa como la nuestra las noticias de esa índole vuelan de boca en boca y resulta difícil guardar un secreto durante mucho tiempo. Oiga, Ascortín, ¿por qué me pregunta esto? ¿Acaso cree que Weimar puede tener algo que ver con el robo?

La casa de los Martínez

Hemos colocado la urna blindada sobre la mesita del televisor de los Martínez, tras depositar el electrodoméstico en el suelo.

–Bien... voy a marcar la clave –anuncia Günter Odermann con cierto aire teatral.

Se escuchan ocho cortos pitidos mientras compone la clave en el teclado numérico, sin dejar que nadie la vea. Tras ello, un pilotito verde se enciende a la derecha del panel electrónico.

Odermann se retira e invita a los tres ejecutivos a introducir sus llaves en las cerraduras correspondientes, cosa que hacen con imperturbable seriedad germánica.

–¿Preparados, señores? –les indica en su idioma el presidente de Estilográficas Odermann, acto seguido–. Cuando yo cuente tres, por favor: uno, dos, tres... ¡Ahora!

El sonido de los mecanismos se confunde hasta parecer uno solo. Los tres hombres se retiran, tras extraer de las cerraduras sus respectivas llaves.

Todos tenemos la mirada puesta en la urna. Es como si nos hubiese hipnotizado. Por fin, Martínez y yo, calzándonos sendos guantes de algodón que su mujer nos ha proporcionado, nos acercamos a ella.

167

–Vamos a levantarla, Escartín. Usted, empuje la parte superior hacia mí hasta que pueda meter los dedos por debajo del cristal.

–Bien. Allá voy. ¿Está listo, Martínez...? ¡Ahora!

En efecto, sin excesivo esfuerzo, las dos partes de que consta la urna se separan. Martínez y yo dejamos apoyado el cubo de cristal, en la mesa contigua, sobre un lienzo de cocina.

–Bien, Escartín... es todo suyo. Ya veo que ha traído su equipo de detective de la señorita Pepis –dice, refiriéndose a mi maletín con instrumental para obtener y conservar rastros, huellas y otras evidencias.

–Le veo gracioso, Martínez. En efecto, voy a intentar encontrar alguna mínima pista en el cristal o en la base de la urna. Y, como me gustaría hacerlo con tranquilidad, les ruego que me disculpen. Este es un trabajo de paciencia y precisión. No creo que me lleve menos de hora y media.

Entre murmullos, se va vaciando el salón.

Oigo que Otto Weimar propone entretener la espera yendo a comer a la Taberna de Pedro Saputo. Odermann parece resistirse ante semejante nombre pero cuando su hombre en España le informa de que se trata de un establecimiento recomendado en la guía gastronómica BMW, acepta sin condiciones. Los oigo salir a todos al rellano de la escalera. Enseguida, escucho el sonido de la puerta del piso al cerrarse y, segundos más tarde, los murmullos que se alejan hasta alcanzar el silencio.

Espero un par de minutos antes de exclamar:

–¡Martínez! ¿Puede venir un momento, por favor?

A los pocos segundos, bajo el quicio de la puerta de la salita veo aparecer lentamente, exhibiendo una media sonrisa socarrona, el rostro del vendedor de estilográficas.

–Sabía que yo no me había ido con los demás ¿eh?

–Lo imaginaba. Lo que tenemos aquí es demasiado importante para dejarme a solas con ello, ¿verdad?

Carraspea con suavidad.

–Lo es –admite.

Martínez y yo nos miramos como dos pistoleros de *western* a punto de librar un duelo.

–No ha jugado limpio conmigo –le digo.

–¿A qué viene eso?

–Lo sabe bien. Usted me ha contratado para que averigüe lo que ocurrió con esa pluma pero, en realidad, sabe perfectamente lo que sucedió. Y, encima, no se fía de mí ni tanto así.

Martínez calla. Luego otorga. Yo, sigo.

–Dígame... ¿Qué debo hacer si al examinar la urna encuentro alguna huella dactilar suya? ¿Me hago el despistado o se lo cuento a *Herr* Odermann?

Martínez afila la mirada.

–No va a encontrar ninguna huella mía.

–Ya. Supongo que no. Imagino que sería usted extremadamente cuidadoso al manipularla.

Martínez mete las manos en los bolsillos, aparentando indiferencia.

–¿Puedo saber de qué está hablando, Escartín?

–Lo sabe perfectamente, hombre. Mire, no se haga el tonto conmigo o me pondré de mal genio. Hablo, sencillamente, de que usted fue quien robó ayer la Amsterdam Solitaire. Y si alguien me contrata para buscar un objeto que él mismo ha robado, tengo la sensación de que está intentando utilizarme. O hacerme una mala jugada. O ambas cosas. Y eso me sienta muy mal.

—¿Me está acusando de haber robado yo la pluma de Odermann? ¡Valiente tontería!

Martínez es un actor aceptable, como ya pude comprobar ayer. Pero ahora se le nota demasiado la falta de convicción en su papel. Se da cuenta de que lo he pillado y no tiene claro cómo reaccionar.

—¿Cómo dice? —exclamo, con entonación exagerada, llevándome la mano al pecho—. ¿Qué me he equivocado? ¡Vaya por Dios...! En ese caso, definitivamente iré a contarle mis sospechas al señor Odermann, a ver qué le parece a él. Quizá con su ayuda logre afinar mis erróneas teorías.

Cuando hago ademán de marcharme, el color del rostro de Martínez comienza a subir de tono, en dirección al grana. Su voz me detiene con mi mano ya en el picaporte.

—¡Espere! Espere, Escartín... Vamos a hablar.

Desestimando lo imposible

—¿Cómo ha logrado averiguarlo?

Me encanta esta parte, cuando llega la confirmación de que el detective ha dado en el clavo.

—No ha sido tan difícil. Me he limitado a reunir datos, detalles, evidencias; a sacar conclusiones de todo ello.

A dejar volar la imaginación, claro está. Y a desestimar lo imposible, naturalmente. Lo aprendí en las novelas de Arthur Conan Doyle. Yo era profesor de literatura antes de dedicarme a esto, ¿sabe? Aunque no lo parezca, he leído mucho.

–¿Y qué es lo imposible en este caso, según usted?

–Lo imposible es que alguien haya podido sacar intacta de su urna la Amsterdam sin disponer de la clave numérica ni de las tres llaves, tal como se supone que hizo anoche el ladrón.

-Entiendo. Por lo tanto...

–Por lo tanto, a pesar de las apariencias, la pluma forzosamente ha de seguir en su lugar. Es decir: permanece todavía dentro de la urna.

La expresión admirativa de Martínez me indica que he dado en la diana. Sin embargo, aún se hace el remolón.

–¡Oh...! ¿Y por qué no la vemos, entonces? ¿La Amsterdam se ha vuelto invisible, acaso?

El tono de sus preguntas revela que sabe que sé la respuesta.

–La invisibilidad es otro imposible y, por lo tanto, no nos sirve como solución. En este caso la respuesta es obvia, Martínez: la pluma no se encuentra aquí porque esta urna que usted tenía tanto empeño en abrir... no es la verdadera.

Martínez alza levemente las cejas. Yo lo tomo no por un gesto de sorpresa sino de reconocimiento.

–Premio, Escartín. Y... ¿también sabe dónde se encuentra la auténtica urna?

–Dado que no ha tenido ocasión ni necesidad de trasladarla a otro lugar, supongo que sigue en su tienda. Imagino que a lo largo de las últimas semanas preparó usted un escondite disimulado en alguna parte del local; quizá en alguno de los mostradores o en el hueco de un tabique. Allí guardó la urna falsa hasta el momento de dar el cambiazo; en ese mismo lugar supongo que permanecerá escondida ahora la urna auténtica. Solo espero que el derrumbe ocasionado por su hijo y su futura nuera italiana no la haya afectado.

–Afortunadamente, no ha sido así.

Ya está. Lo ha reconocido. Me siento maravillosamente bien al poder confirmar que mi teoría ha dado en la diana. Es una sensación estupenda. La tenía casi olvidada.

–Debo admitir que fue usted muy hábil, Martínez. No conseguía explicarme cuándo ni cómo había dado el cambiazo de una urna por la otra. Cuando abandonamos su tienda después de la fiesta, la Amsterdam seguía allí. Y no me separé de usted ni un solo instante hasta el momento en que descubrimos el robo. Aparentemente, no había tenido ocasión de hacerlo. Luego, recordé que, nada más salir a la calle, usted regresó durante un par de minutos al interior para conectar la alarma y encender algunas luces, tal como le pidió Odermann. Entonces lo hizo ¿no es cierto?

Martínez se acaricia la barbilla. Me mira con aire de sorpresa.

–Cierto –reconoce–. Y le felicito. No creí que fuera fácil de descubrir.

–No lo era. Primero, porque usted levantó la persiana y regresó al interior de la tienda a petición de Odermann. Por lo tanto, aparentemente, eso no podía formar parte de su plan.

Martínez sonríe suavemente.

–Sin embargo, yo estaba seguro de que Odermann me lo pediría. Lo conozco bien. Es un presuntuoso y ver su maravillosa pluma oculta a la vista del público tras una persiana decorada con el anagrama de una marca rival es más de lo que podía soportar.

–Espléndida jugada, Martínez. Pero lo mejor estaba aún por llegar: después del cambio de urnas, usted encendió algunas luces indirectas y... ¡asombroso! desde la calle todos seguimos distinguiendo la Amsterdam Solitaire, allí, dentro de su urna.

–En efecto.

–Solo que... no se trataba de la pluma... sino de una simple fotografía ampliada al tamaño adecuado y sujeta con celo al cristal trasero.

–La distancia entre la urna y el escaparate era considerable. Las luces que dejé encendidas ayudaban a crear el efecto deseado. La fotografía la tomé durante la fiesta, ya que Odermann mantuvo la pluma oculta hasta el momento final.

–¡Genial, Martínez! Rotundamente, genial. En apenas dos minutos cambia una urna por otra, a la vacía le sujeta la foto con un trozo de celo en su parte posterior y, a continuación, se nos lleva a todos de copas por su barrio. Para celebrarlo.

173

Martínez se ha dirigido hacia un pequeño mueble-bar del que ha sacado un par de copas y una botella de oporto. Sirve el vino con parsimonia mientras vuelve a hablar.

–No tanto para celebrarlo como para asegurarme una coartada. Un buen número de testigos que no me habrían perdido de vista ni un minuto desde la última vez que vieron la pluma hasta el momento de descubrirse su ausencia.

–Magnífica estrategia. Sin embargo, ocurrió algo imprevisto.

Martínez me alarga una de las copas de oporto.

–En efecto. Yo había programado la alarma para que se disparase a las dos de la mañana. A esa hora yo tenía pensado que nuestro grupo anduviese por las cercanías de la tienda. Con la excusa de desconectar la alarma, tenía ensayada una pequeña escena que me iba a permitir entrar el primero en la tienda para así poder quitar la foto pegada a la urna, lo único que me podía relacionar con el robo. Sin embargo, cuando llegué allí me encontré con una sorpresa: para llevar a cabo su torpe intento de atraco, mi hijo y su novia habían bajado la persiana metálica. Eso me dejó desconcertado, estropeó la secuencia prevista en mi plan y me obligó a improvisar. ¡Salud, Escartín! –dice Martínez alzando su copa.

Respondo al brindis, bebo y sigo.

–Pero reaccionó muy bien ante lo inesperado. Cuando llegamos a la tienda y yo me empeñé en entrar el primero,

simuló un mal funcionamiento de la persiana para dejarme allí atrapado.

–Fue lo único que se me ocurrió para impedirle entrar en el local por delante de mí.

–Dejando aparte el desagradable detalle de que casi me rompe las costillas, he de admitir que estuvo bien resuelto por su parte. Una improvisación rápida e ingeniosa. Mi enhorabuena.

Martínez se ha servido un segundo oporto y lo apura de un trago antes de hacerme la pregunta definitiva.

–Bien, Escartín... Y ahora que lo ha descubierto todo... ¿qué piensa hacer con lo que sabe?

Es la única pregunta de Martínez para la que aún no tengo respuesta. Voy a tener que improvisar. Como él.

–Hombre... póngase en mi caso –le digo–. Odermann será un mal bicho pero está podrido de pasta. Yo, en cambio, soy una gran persona... con un montón de facturas por pagar. Se diría que somos seres complementarios. Y, por supuesto, ni usted ni Otto Weimar dan la sensación de poder sacarme de pobre, así que lo lógico sería dejarme llevar por la avaricia... y por el sentido común. O sea: chivarme al gran jefe y embolsarme una pasta por recuperar su estilográfica y señalar con el dedo a los culpables.

Martínez asiente, aparentemente comprensivo.

–No deja de sorprenderme, Escartín. ¿También ha averiguado que Otto Weimar ha sido mi cómplice en todo esto?

–No lo he averiguado. Lo he deducido de modo elemental, querido Martínez. Él mismo afirmó que había seguido muy de cerca el proceso de fabricación tanto de la Amsterdam Solitaire como de la urna de seguridad. Solo alguien como él, seguramente utilizando incluso los diseños originales, pudo encargar la fabricación de una réplica de la urna tan perfecta que ni el propio Odermann ha podido distinguirla de la verdadera. Además, su amigo Otto tenía un buen motivo personal para fastidiar a Odermann, ¿no es así?

Martínez asiente de nuevo.

–En efecto. Después de treinta y dos años como empleado de Estilográficas Odermann, y a falta de solo cuatro para jubilarse dignamente, se enteró de que su jefe piensa ponerlo de patitas en la calle a finales de este año.

–Lo sé.

–Ya ve qué clase de sujeto indeseable es Günter Odermann.

–Como le digo, no lo considero un santo. Pero lo cierto es que en este asunto él no ha cometido ningún delito. Y ustedes, sí.

Martínez aguanta la reprimenda sin apartar su mirada de la mía.

–Sea como sea, no me arrepiento de nada.

–Ya que lo menciona... aún no me ha dicho qué le ha impulsado realmente a robar la Amsterdam. Y, por favor, no me cuente que ha montado todo este tiberio como venganza por el injusto despido de Otto Weimar, porque no me lo creo.

Martínez se yergue. Como si las dos copas de vino de Oporto le hubiesen hecho efecto de improviso, adopta un tono altanero.

–¿Le parece poco motivo, Escartín? ¿Qué concepto tiene usted de la amistad?

Es la gota que ha colmado el vaso. Descargo un puñetazo en la mesa y escupo mi frase.

–¡A mí no me venga con sermones, Martínez! ¡Empiezo a estar de usted hasta el pitorro de la boina! ¿Es que aún no se ha dado cuenta de que le tengo en mis manos? Usted se cree muy listo pero le recuerdo que he descubierto su impecable plan en menos de doce horas. Le he ganado la partida. Así que déjese de tonterías y dígame qué piensa hacer con la Amsterdam. Dígame para qué demonios la ha robado. ¡Y esmérese en la respuesta porque de ella depende que vaya o no ahora mismo a contárselo todo a Günter Odermann!

Martínez aprieta las mandíbulas. Durante unos instantes pienso que me va a dar un puñetazo. Pero lo que hace es soltar el aire de los pulmones poco a poco.

–De acuerdo, Escartín. Usted gana. En realidad, el plan para robar la Amsterdam Solitaire es bastante más complejo e ingenioso de lo que usted cree. Y se ideó mucho tiempo antes de lo que imagina. Antes, incluso, de que Günter Odermann hubiera pensado siquiera en fabricar esa pluma.

–¿Cómo dice? –pregunto, riendo–. ¿Pretende convencerme de que ideó un plan para robar la Amsterdam, antes de saber que la Amsterdam se iba a fabricar?

–No, Escartín. Ahí va usted desencaminado. El plan no es mío. Yo me incorporé a él hace unos meses, porque vi la forma de vengar el despido de mi amigo Otto Weimar pero, por supuesto, la razón principal para robar esa pluma es muy diferente. Y nada tiene que ver conmigo.

–¿Quién es, entonces, el autor del plan?

–Vincenzo Spadolini.

El plan

–Desde el momento en que supo que fue Odermann quien había arruinado la distribución de su pluma Julio César, Vincenzo Spadolini comenzó a planear su venganza. O, por decirlo mejor, su contraataque. Lo diseñó paso a paso. Minuciosamente. En primer lugar, necesitaba convencer a Odermann de que fabricase una estilográfica de ensueño... para luego robársela y utilizarla como moneda de cambio. Lo primero no fue muy difícil. Odermann es un tipo inteligente pero tremendamente soberbio. Ese es su talón de Aquiles. Así, el pasado verano, aprovechando su viaje anual a bordo del yate de Ricard Satué, presidente de Iberolex, Spadolini consiguió, sin mucho esfuerzo, que el alemán mordiese el anzuelo. Sin que Odermann pudiese sospechar nuestra confabulación, Weimar y yo le presentamos a Azancot unos meses más tarde, en su taller de Ámsterdam. Cuando vio el diamante, no se pudo resistir y dio la orden de fabricar la pluma. Ahora solo teníamos que idear la estrategia para robársela. En un principio, pensamos que sería cosa fácil, teniendo a Otto Weimar dentro de la empresa. Pero, de repente, Odermann nos dejó a todos descolocados con su idea de construir una urna inexpugnable para exhibir la pluma. Con ello, nuestro propósito se complicaba pero seguíamos llevándole la delantera. Desechamos varios planes hasta que dimos con el modo de desbaratar la demencial seguridad de Odermann. La clave para redondear el robo perfecto estaba en la fabricación de esta segunda urna, aparentemente idéntica a la otra y que nos iba a permitir abrir la original.

–¿De qué modo? –pregunto, interesadísimo.

–El panel numérico que colocamos en la urna falsa contiene un chip que habrá grabado las ocho cifras marcadas por Odermann y que ahora nos permitirá componer la clave correcta en el panel de la urna auténtica. En cuanto a las tres cerraduras, están dotadas de cilindros maestros, de modo que pudieran abrirse con cualquier llave de doble pala. Pero, sobre todo, contienen unos moldes de silicona donde, al hacerlas girar, se habrán impreso las huellas de las tres llaves. Esos moldes nos van a permitir hacer copias exactas de las llaves.

–Y, con esas llaves, abrir la urna verdadera.

–Ni más ni menos.

Casi tengo ganas de aplaudir.

–Muy ingenioso, de nuevo. Por supuesto, el éxito del plan pasaba porque Odermann consintiese en abrir la urna vacía, marcase la clave e hiciese venir a sus tres empleados desde Alemania con las llaves. De ahí su sospechosa insistencia para que yo lo convenciese de ello, ¿eh, Martínez?

–No podía andarme con demasiados disimulos. Disponíamos de menos de veinticuatro horas.

Tres horas para la autodestrucción

Cuando Martínez concluye sus explicaciones, las campanas del Pilar anuncian las dos de la tarde. Involuntariamente, ambos consultamos nuestros relojes.

–Faltan tres horas para que la urna estalle y la Amsterdam se convierta en ceniza –advierte él, innecesariamente–. Si queremos sacarla intacta antes de que se cumpla ese plazo, tenemos que darnos prisa. De usted depende, Escartín. Ahora ya sabe lo que pretendemos, ya sabe quiénes estamos en esto y conoce nuestros motivos. ¿Está con nosotros o con Odermann?

Cuando contesto, no puedo apartar la vista de la punta de mis zapatos.

–Supongo que tras esta decisión... merezco seguir siendo un pobre detective privado toda mi vida pero... ¡Que le den morcilla a Odermann! Eso sí: con una condición.

–A ver...

–Quiero tocar esa pluma, Martínez. Quiero tenerla en la mano aunque solo sea un minuto.

–¡Cuente con ello!

Menos de una hora para la autodestrucción

Faltaba menos de una hora para que se cumpliese el fatídico plazo que reduciría a cenizas humeantes la pluma más cara y singular del mundo cuando, de nuevo siete personas, nos reunimos en torno a ella en el comedor de la casa de los Martínez.

Esta vez éramos Otto Weimar, Martínez y su mujer, Vincenzo Spadolini, Carlos, Loredana y yo.

Una hora antes, Martínez y yo habíamos ido hasta su tienda para recoger la urna, la auténtica urna, oculta desde la noche anterior en un hueco del suelo, camuflado como un registro de desagües.

Usando los guantes de algodón, sacamos la Amsterdam de su escondrijo. Antes de meterla en el bolso de viaje que Martínez había traído para trasladarla hasta su casa, pudimos contemplar de cerca la estilográfica, casi rozando el cristal de la urna con la punta de la nariz.

–Es impresionante –susurré, encandilado.

–Lo es. Lástima que, pase lo que pase, la perderemos de vista para siempre. Si nuestro plan fracasa, el explosivo la reducirá a añicos. Y si tenemos éxito, volverá a las manos de Odermann. Y esta vez, supongo que ya no la dejará escapar.

–Una lástima, desde luego.

Tras una hora de espera, en la que la pluma más bella del mundo sustituye al jarrón con flores que adorna la mesa de comedor de Martínez, aparece por fin Otto Weimar, procedente del cerrajero que acaba de elaborar la copia de las tres llaves a partir de los moldes de silicona.

Aparece resoplante y sudoroso.

–¡Santo Dios, qué lentitud la de ese hombre! –exclama el alemán, secándose el sudor de la frente con su pañuelo–. Casi me da un ataque de nervios. ¡Más de una hora para tornear tres condenadas llaves! Y eso, que lo teníamos avisado.

–Tranquilo, Otto, tranquilo –trata de calmarlo Martínez–. Hay tiempo de sobra. Tenemos casi una hora de margen hasta que se active le secuencia de autodestrucción. Primero, serénate. Luego, vamos a ello.

Tres cuartos de hora para la autodestrucción

La Amsterdam resplandece en el interior de su urna como un objeto sagrado. Incluso allí, en el comedor de la modesta casa de Martínez, refulge como una joya inigualable. Spadolini la mira sin parpadear, de lejos, apoyado en el quicio de la puerta. Carlos Martínez cuchichea con Loredana, que se retuerce nerviosamente las manos. Su padre consulta su reloj de pulsera mientras Weimar apura su segundo vaso de agua y parece recuperar el sosiego poco a poco.

–Calma –dice Martínez–. Quedan aún casi cincuenta minutos para la hora «H». Podemos hacer las cosas con toda tranquilidad. Otto...

–Ya estoy bien.

–Adelante, entonces. Primero, la clave.

Weimar se acerca hasta la base de la falsa urna, que reposa ahora sobre uno de los sillones de la sala y, haciendo palanca con un destornillador muy fino, extrae el módulo de teclas numéricas. Al darle la vuelta, podemos apreciar que, en su parte posterior, una pequeña pantalla de cristal líquido muestra una cifra de ocho dígitos.

–Dime –ordena Martínez.

–Cuarenta y ocho, diez, doce, uno, dos –dicta Weimar, con su leve acento germánico.

–Cuatro, ocho, uno, cero –recita Martínez mientras pulsa las teclas en la urna verdadera– dos, dos, uno, dos...

–¡No...!

Se escucha un desagradable pitido de cinco segundos

de duración, al tiempo que se enciende una luz roja en el panel.

—¿Qué ha pasado? —pregunta Martínez, alzando las manos.

—¡Te has equivocado, maldita sea! —exclama Weimar, pálido como un muerto—. Ha sido culpa mía, por no dictártelo cifra a cifra. Cuatro, ocho, uno, cero, uno, dos, uno, dos.

—¡No pasa nada! —se apresura a decir Martínez, mientras nuestros corazones se han lanzado al galope—. No pasa nada... Hay tres oportunidades para marcar la clave correctamente. Vamos de nuevo.

Pero no, no vamos adelante. No vamos porque, justo en ese instante, alguien comienza a pulsar con urgente insistencia el timbre de la puerta. Todos nos miramos, alarmados. Martínez consulta de nuevo su reloj.

—¿Esperáis a alguien? —pregunta Weimar.

Los Martínez niegan.

—Aún faltan más de cuarenta minutos. Ve a abrir, Julia —le indica Martínez a su esposa—. Sea quien sea, despídelo enseguida. Te esperamos.

La esposa de Martínez desaparece pasillo adelante, camino de la puerta de entrada. Los demás aprovechamos para respirar hondo varias veces.

—¡Es un mensajero con un envío urgente a tu nombre! —exclama la mujer, desde el vestíbulo.

Martínez, Weimar y Spadolini se miran.

—¡Qué raro...! —murmura el dueño de La Estilográfica **183** Moderna.

Cuarenta minutos para la autodestrucción

De repente, escuchamos un grito cortado, un portazo, unos pasos apresurados que se acercan por el pasillo. Antes de haber podido reaccionar, estamos ante dos sujetos encapuchados de una corpulencia solo un poco inferior a la del Increíble Hulk. Uno de ellos apoya el filo de una navaja de Albacete del tamaño de un sable de cosaco en la garganta de la mujer de Martínez, mientras le retuerce un brazo a la espalda.

—Si alguien se mueve, le fabricamos un cuello nuevo a la señora —dice el otro con la voz opaca a causa del pasamontañas, aunque sin poder disimular un cierto acento del sur de Madrid.

Acto seguido, sin un solo titubeo, el tipo coge la urna que contiene la Amsterdam Solitaire, la introduce en una mochila de grandes dimensiones que se echa a la espalda y, sin un segundo de desperdicio, da media vuelta y desaparece por donde ha venido, seguido por su compañero que, en el último instante, arroja a Julia sobre la mesa merced a un violento empujón.

De inmediato, todos acudimos a socorrer a la mujer, que parece a punto de perder el conocimiento. Por fortuna, se recupera rápidamente y, tras comprobar que no tiene otra cosa que un susto, su hijo corre a asomarse al balcón.

—¡Allá van, miradlos! —dice, señalando hacia la calle—. ¡Se escapan! ¡Se llevan la Amsterdam!

184   Soy el primero en lanzarme escaleras abajo pero, cuando salgo a la calle, de los ladrones ya no queda ni el aroma.

Desde el balcón, Carlos Martínez señala hacia la derecha.

–¡Por allí! ¡Se han ido por allí montados en dos bicicletas de montaña! ¡Han girado por la primera esquina a la derecha!

Un repartidor de *pizzas* con aire despistado se aproxima a nosotros sobre su ciclomotor desde el otro extremo de la calle. Corro hacia él haciendo aspavientos.

–¡Soy policía! –miento, mostrándole mi licencia caducada de pescador deportivo–. ¡Necesito tu moto, chaval! ¡Queda confiscada por orden gubernativa!

–¿Qué? ¡Oiga...!

Lo apeo a empujones, le entrego la «cuatro estaciones» que lleva en la parrilla trasera y salto a la grupa del vehículo, una Vespino del tiempo de los dinosaurios. Antes de arrancar, siento que alguien se lanza a ocupar el resto del asiento, a mi espalda. Estoy a punto de gritarle que se baje, pensando que se trata de Martínez pero, con el rabillo del ojo, veo que es Loredana. Así que no le digo ni mu.

–¡Vamos, vamos! –grita ella–. ¡Déle caña a este trasto, detective! ¡Que los perdemos!

Doy gas a tope. Sin compasión. Pese a la sobrecarga, el ciclomotor del pizzero anda de muerte. Debe de estar trucado.

Durante unos minutos interminables nos movemos por lo más siniestro del casco antiguo de la ciudad, en un entramado casi laberíntico de calles estrechas y lóbregas, muchas de ellas peatonales.

Giramos a la derecha. Ni rastro de los ladrones en bicicleta de montaña. Seguimos adelante, parando en todas las confluencias y mirando a un lado y otro. Al llegar a la tercera, los localizamos, a lo lejos.

–¡Allí! ¡Son ellos! ¡Vamos, vamos, deprisa! –grita Loredana.

–Ya, ya los veo.

–Se han metido por aquella calle, a la izquierda.

–¡Ajá! –exclamo–. Me parece que esos dos no se conocen el barrio. Se trata de un callejón sin salida. ¡Los tenemos acorralados!

–Perdone, Fermín... –me susurra Loredana, con tono cauto–. ¿Me está diciendo que usted y yo tenemos acorralados a esos dos bestias de metro noventa de alto, cien kilos de peso y probablemente, armados?

Es rápida de mente, la italiana.

–Pues... ahora que lo dices... quizá no estaría de más esperar la llegada de refuerzos.

Veinticinco minutos para la autodestrucción

Por fortuna, los refuerzos llegan enseguida, en las personas de Martínez y su hijo.

–No perdamos más el tiempo. Ya somos cuatro. ¡A por ellos! –ordena Martínez en cuanto lo ponemos al corriente de las circunstancias.

–Igual deberíamos esperar a alguien más –propongo–. Bien pensado, esos dos tipos parecen capaces de sacudirnos el polvo como a esteras, aunque seamos cuatro.

Mis tres compañeros de comando parecen tan indecisos como yo.

–¿De dónde habrán salido esas dos malas bestias? –se pregunta Carlos Martínez.

–Buena pregunta. Y creo que la respuesta es sencilla: se trata de un par de matones contratados por Odermann. Nuestro amigo Günter será lo que sea, pero de tonto no tiene un pelo. Seguramente lleva ya un tiempo oliéndose la tostada y mientras nosotros le creíamos echando la siesta en su hotel, sin duda nos ha hecho seguir. Hemos sido demasiado confiados.

–¡Aún no está todo perdido! Aún podemos recuperar la Amsterdam, si somos decididos –asegura Martínez, padre.

–¿Cuánto falta para que explote la urna? –pregunta Loredana.

–Muy poco –responde su novio, o lo que sea, lacónicamente–. Si no nos decidimos pronto a enfrentarnos a esos matones, nos va a dar igual hacerlo o no.

–De acuerdo, de acuerdo... –acepto–. Vamos a por ellos. Yo practiqué un par de cursos el karate, cuando iba al colegio. Espero recordar alguna cosa.

–Vale –dice Martínez–. Escartín y yo iremos a por el de negro. Vosotros dos, a por el de los pantalones vaqueros.

–Ya veo que has elegido al que sabe karate –le reprocha su hijo.

–¿Quieres ir tú con Escartín, hijo mío?

–¡No, no...! Yo con Loredana, por supuesto. Era solo una observación.

–Vamos allá. Preparados... listos... ¡Ahora!

Veinte minutos para la autodestrucción

–¿Dónde rábanos se han metido?

Al doblar la esquina del callejón sin salida, nos hemos encontrado solo con las bicicletas de los dos tipos abandonadas en el suelo. Pero no hay ni rastro de ellos ni, por supuesto, de la urna.

–¡Han desaparecido!

–No puede ser... –murmura Loredana.

–¡Encuéntrelos, Escartín, maldita sea! –brama Martínez.

–¿Yo?

–¿No es usted el detective?

Lo soy, sí. Y efectivamente, debería ser el más capacitado para sacar conclusiones.

–La cosa está clara, amigos –digo, al cabo de medio minuto–. Salvo que esos dos gorilas sean parientes de Spiderman, no pueden haber trepado por las fachadas que nos rodean, así que la única posibilidad, por desagradable que nos parezca, es que hayan huido... por ahí.

Y señalo hacia mis pies.

–¿Por las alcantarillas?

–Ni más ni menos.

Quince minutos para la autodestrucción

–¡Aaaah...! ¡Una rata! –grita el más joven de los Martínez–. ¡Una rata giganteee! ¡Auxiliooo!

–¿Te quieres callar, Carlos, cariño? –le ordena su novia, de muy mal talante.

–¡Es que no las soporto, Loredana! ¡No las soporto! ¡Dejadme salir de aquí!

–¡Cálmate, por Dios!

–¡Me está mirando! ¡Esa rata me está mirando! ¡Me mira con odio!

–¿Cómo no va a mirarte, con los gritos que estás dando?

–¡Se me quiere comer! ¡Noto que le gusto! ¡Lo noto! ¡Mirad cómo se relame!

La presencia de varias ratas de dimensiones que solo se explican por mutación radiactiva, es quizá lo menos desagradable de este lugar. Hay poquísima luz. Tan solo la que se filtra desde la calle por los desagües abiertos de tramo en tramo al borde de la calzada. El olor es increíblemente nauseabundo y tenemos que caminar metidos hasta media pantorrilla en un riachuelo de líquidos cuya composición es mejor no tratar de adivinar. Y lo peor de todo es que no hay ni rastro de los dos tipos a los que perseguimos.

–¿Dónde están? –pregunta Martínez, tras varias idas y venidas por este inframundo–. ¡Se nos acaba el tiempo!

–No pueden andar muy lejos –dice Loredana.

–¡Aaaagh...! –grita Carlos, de repente, con asco infinito–. No os quiero contar lo que acabo de pisar...

Al volverme hacia él para saciar mi curiosidad, tengo una visión momentánea, un destello captado con el rabillo del ojo izquierdo.

–¡Ahí! ¡Ahí hay uno! –grito, señalándolo con el dedo.

En efecto, es uno de los tipos. El que vestía de negro. Permanecía escondido tras una pilastra de hormigón, apenas a diez metros de nosotros. Pero ha visto que lo he visto y simultáneamente a mis gritos ya ha echado a correr de nuevo. Su compañero, el que carga con la mochila, sale de inmediato de un escondite similar, al otro lado de la bóveda de la cloaca.

De modo irreflexivo, ellos huyen y nosotros corremos tras ellos, pese a que el reparto de fuerzas podría llevarnos a hacer exactamente lo contrario. Nos jaleamos con gritos a los que se añaden los chillidos de las ratas, tan asustadas como nosotros mismos. Entre todos, provocamos una asfixiante nube de salpicaduras malsanas, un chapoteo asqueroso y fétido en aquel río de aguas fecales. El hedor crece hasta niveles insoportables.

Diez minutos para la autodestrucción

De repente, en plena persecución, ante nuestras propias narices, el sujeto que carga con la mochila desaparece de nuevo. Instantáneamente. Visto y no visto.

–¿Qué ha pasado? –pregunta Martínez, a voz en grito–. ¿A dónde ha ido? ¡hay que encontrarle! ¡Es el que lleva la urna!

Su compinche tarda unos segundos en apercibirse del fenómeno pero, cuando lo hace, su sorpresa resulta tan pronunciada como la nuestra.

–¡Micheeel! –grita, asustado y confuso–. Michel, ¿dónde estás?

–A mí me ha parecido oír un grito y, a continuación, un golpe –asegura Loredana.

Durante unos segundos, el asombro se adueña de nuestro grupo. Pero no tardamos ni medio minuto en dar con la solución al enigma. El tal Michel ha caído por un conducto vertical de unos tres metros, que conecta la galería en la que nos encontramos con otra inferior. El chaval se ha metido un porrazo morrocotudo.

–¡Hay que sacarlo de ahí! –exclama Loredana.

–¡Y deprisa! –grita Carlos–. ¡Antes de que se lo coman las ratas!

–Deja de decir burradas, hijo mío –le suplica Martínez a su primogénito.

No quiero mirar el reloj. No quiero mirarlo porque sé que el tiempo se está acabando y ya me encuentro bastante nervioso sin esa presión. No quiero mirar el reloj porque, marque lo que marque, lo importante ahora es rescatar al tipo de la mochila y comprobar cuál es la gravedad de sus heridas.

Por suerte, muy cerca de allí encontramos un tramo de escalera que une ambas galerías y entre todos, logramos subirlo, semiinconsciente, hasta donde nos encontramos y, de aquí, con no mucha dificultad, sacarlo a la calle a través de la boca de alcantarilla más cercana. Por fortuna, el accidentado recupera pronto el conocimiento y, asombrosamente, no parece tener heridas de importancia. Solo algunas contusiones y quizá un par de costillas hundidas. Supongo que disponer de una constitución física como la suya, tiene sus ventajas.

Una dotación de la policía urbana, alertada por algunos vecinos que nos han visto salir de las cloacas absolutamente cubiertos de miasmas y lodos pútridos, hace su aparición dos minutos más tarde y, por fortuna, dan prioridad a la evacuación del herido hacia el hospital más próximo que a averiguar qué demonios hacíamos todos nosotros paseando por las cloacas.

Es entonces, cuando aparece la ambulancia para evacuar al sujeto de la mochila, no antes, cuando nos acordamos de la Amsterdam.

–¡Cielos! –grito, alarmado–. ¿Cuánto falta para la autodestrucción de la urna?

–¿Faltar? Nada –dice Martínez, lacónicamente, consultando su reloj–. Son casi las cinco y diez. El plazo ha concluido. Hemos perdido la pluma.

–¡Oh, no...!

A toda prisa, extraemos la urna de la mochila.

–¡No, no, mirad! ¡La pluma todavía está intacta! –dice Loredana.

La emoción renace de golpe en todos nosotros.

–Quizá el reloj de la urna vaya retrasado –aventura Carlos.

–Tal vez Odermann no tecleó la clave por última vez a las cinco en punto de ayer sino algo más tarde –supone Martínez.

–A lo mejor, el mecanismo de autodestrucción se ha estropeado con tanto movimiento y tanto golpe –dice Loredana.

–¿Y a nadie se le ha ocurrido pensar, simplemente –digo, con calma, mirando a mis compañeros– que yo tenía razón?

192   –¿Razón? ¿En qué?

No puedo evitar una sonrisita de suficiencia.

–Desde el principio, defendí la idea de que Odermann no tenía valor para poner su querida pluma en peligro de aniquilación total. Vamos, que todo eso de la urna explosiva que iba a convertir la Amsterdam en cenizas, no era más que un cuento chino. Una forma sencilla y barata de disuadir a los posibles ladrones. Yo ya lo dije. Por lo visto, era el único que pensaba así. Ahora, espero que me den ustedes la razón.

Martínez frunce el ceño.

–No es posible... Otto Weimar habló con los jefes de Stockinger, los fabricantes de la urna, y le aseguraron que todo era cierto.

–Posiblemente, se pusieran de acuerdo con Odermann para contar el mismo cuento. En fin... ya lo ven: ahí tenemos nuestra pluma intacta por completo. ¿Qué mejor prueba quieren?

Justo en ese instante, cuando todos bajamos la vista para contemplar la Ámsterdam Solitaire depositada sobre el asfalto, una lucecita roja situada junto al teclado numérico de la urna comienza a parpadear, acompañada por un irritante pitido intermitente.

–¿Qué es eso? –pregunto.

–¿Qué es? ¡Es la señal de que falta un minuto para la explosión! –grita Martínez–. ¡El sistema de autodestrucción es real! ¡Tenemos que marcar la clave! ¿Dónde está Otto? Él tenía el número.

–¿Hablas de Weimar, papá? La última vez que lo vi, fue en nuestra casa, hace más de media hora.

–¡Maldita sea...! –exclama el dueño de La Estilográfica **193** Moderna, con la cara grisácea como el papel de estraza–.

Tendremos que intentar recordarla de memoria.

Con el dedo tembloroso, Martínez va tecleando cifras conforme las recita dubitativamente.

–Ocho... cuatro... cero...

–¡No!

Un desagradable pitido de cinco segundos, que se superpone al de la cuenta atrás, nos indica el error.

–¡Inténtalo otra vez, papá! Hay tres oportunidades para marcar la clave correcta. Aún te quedan dos.

–¡No! –exclamo–. Solo tiene una. Recordad que ya marcó una clave incorrecta en su casa, justo antes de la aparición de los dos encapuchados.

–Cierto, cierto... –reconoce un angustiado Martínez.

–¡Quedan menos de cuarenta segundos! –exclama Loredana.

Martínez se seca el sudor de la calva y contempla con desesperación, casi con terror, el teclado de la urna, sin atreverse a componer la clave.

–¡Vamos, papá!

–¡No puedo! ¡No estoy seguro! ¡No me acuerdo!

–¿Me dejan intentarlo a mí? –pregunto.

–¡Ni lo sueñe, Escartín! –grita Martínez, al borde de la histeria.

–Como quieran. Pero yo sí que recuerdo la clave porque, al oírla, le adjudiqué una regla mnemotécnica.

–Una regla... ¿qué? –pregunta Loredana.

–Regla mnemotécnica. Un modo de ayudar a la memoria. En este caso es muy fácil: la altura del Mont Blanc más la batalla de las Navas de Tolosa.

—¡Veinte segundos! —clama Loredana.

Martínez me mira con ojos desorbitados. Supongo que no sabe si creerme. Pero el tiempo se acaba.

—¡De acuerdo, Escartín! ¡Hágalo!

Lo aparto de un empujón y ocupo su sitio. Hago crujir los huesos de las manos.

—Vamos allá. Primero, la altura del Mont Blanc: cuatro mil ochocientos diez metros. Cuatro... ocho... uno... cero. Luego, la batalla de las Navas de Tolosa: año mil doscientos doce. Uno... dos... uno... dos.

—¡Se acabó! —grita Loredana— ¡Cero segundos!

La luz roja deja de parpadear.

—¡Va a estallar! —predice Carlos, retrocediendo.

Siguiendo su ejemplo, todos damos un paso hacia atrás.

Y entonces, la luz roja cambia a verde.

Siguen diez segundos de silencio atroz.

Me siento mareado. Abro la boca buscando oxígeno, como un pez fuera del agua. Veo a Martínez que se lleva la mano a la frente. A su hijo se le doblan las rodillas y cae de hinojos, como un penitente.

Y entonces, de repente, Loredana corre hacia mí y salta a mis brazos.

—¡Lo ha conseguido, detective! ¡Lo ha conseguido! —grita, mientras me besuquea la cara sin parar.

Epílogo
Diez días después

Canje

El encuentro se produce el siguiente domingo, por la mañana, en un polígono industrial, a las afueras de la ciudad.

Odermann llega con retraso, cuando Spadolini, Martínez, Weimar y yo llevamos ya más de diez minutos esperando.

El Mercedes 600 se detiene frente a nosotros, a unos veinte metros de distancia. El conductor sale del auto, abre el maletero y saca del mismo una Samsonite de gran tamaño, con ruedas y de color azul. Tirando de la correa, como si fuera un extraño y enorme juguete infantil, la acerca hasta nosotros y regresa después tras el volante del auto.

Vincenzo Spadolini la abre. Coge al azar ocho de las cuarenta y cuatro cajas que contiene y, sobre el capó del coche de Martínez, las abre y comienza a examinar su contenido con ayuda de su monóculo de lupa.

Cinco minutos más tarde, me hace una seña afirmativa. Son sus Julio César, por tanto, sin asomo de duda. Las que

John Heat le vendió a Odermann creyendo que lo hacía a un jeque árabe.

Es mi turno, por tanto. Me acerco lentamente hasta el coche de Odermann.

Al llegar a sus proximidades, se abre el cristal oscurísimo de la ventanilla trasera derecha.

–Señor Ascortín...

–Señor Spiderman...

La mirada del alemán se convierte en una línea. Una línea eléctrica, diría yo.

–Muy gracioso. ¿Ha traído mi pluma?

Echo mano al bolsillo interior de mi chaqueta y, de manera un tanto teatral, saco a la luz del día la Amsterdam Solitaire. La mantengo en la mano unos segundos, disfrutando de ese último contacto.

–No solo es una pluma muy hermosa. Además, escribe estupendamente.

Creo que oigo rechinar los dientes del alemán.

–¿Cómo? ¿Ha escrito usted con ella? –me pregunta Odermann, espantado.

–Descuide. En realidad, solo la he utilizado para firmar por detrás el talón bancario que Martínez me dio ayer como pago por mis servicios. Además, la llené con tinta original Odermann. Azul real, para más señas.

Günter Odermann, tras endurecer el gesto aún más, extiende la palma de su mano bajo mi nariz y, con cierto dolor de corazón, le entrego mansamente el único ejemplar existente del modelo de estilográfica más caro, singular y hermoso del mundo.

Una vez que la tiene en su poder, la sujeta por el cuerpo de brillantes y la alza, en dirección al sol. Cuando la luz del astro rey incide en el diamante Azancot, una deslumbrante rosa de los vientos se forma de inmediato en la parte superior de la piedra y otra, más difusa pero igualmente espectacular se proyecta en el interior del techo del Mercedes.

–¿Qué? –pregunto–. ¿Es la auténtica?

–Lo es. ¿Ve lo sencillo que resulta comprobarlo? Y las posibilidades de que alguien, alguna vez, logre encontrar y tallar otro diamante en el que se produzca este mismo fenómeno resultan tan remotas que, en la práctica, son simplemente inexistentes.

–Entonces... mi enhorabuena por haberla recuperado.

Odermann asiente, con un gesto, y sube el cristal de la ventanilla. Pero, casi de inmediato, la lámina oscura vuelve a descender.

–Solo por curiosidad, detective: ¿cuánto le ha pagado Martínez por su trabajo?

Siempre me parece que hay trampa en las palabras de Odermann. Que ninguna de sus preguntas es banal o responde a la pura curiosidad sino que todas ellas esconden una segunda intención.

–Le he cobrado tan solo mi tarifa habitual –respondo–. No soy un hombre avaricioso.

–En efecto –confirma el alemán–. No es usted avaricioso: es completamente estúpido. ¿Sabe cuánto le habría pagado yo si se hubiese puesto de mi parte en este asunto?

–No, por favor, no me lo diga –le suplico, alzando las manos–. Quiero dormir tranquilo el resto de mi vida.

Odermann sonríe. Sacude la cabeza y se encoge de hombros, quizás incapaz de entender que alguien pueda actuar impulsado por cualquier motivo que no sea el de ganar muchísimo dinero.

–Una cosa más, míster Odermann.

–¿Sí?

–¿Lo de la urna explosiva era cierto? ¿Se habría destruido por completo esa maravilla si yo no hubiese tecleado la clave correcta en el último minuto?

Odermann sonríe.

–¿Usted qué opina? –me pregunta, a su vez.

–Sigo pensando que no, que era un farol, que no había explosivo alguno entre esos cristales. Estoy convencido.

–A pesar de lo cual, tecleó usted la clave.

–Por... por si acaso.

–Hizo bien, amigo. Conviene ser precavido. Aun teniendo la seguridad absoluta, conviene ser precavido. Siempre.

El alemán vuelve a sonreír y me dirige, por última vez, su mirada gélida y azul.

–Suerte, señor Escartín –dice, pronunciando correctamente mi apellido por vez primera.

–Muchas gracias. Suerte también para usted, *Herr* Odermann.

Mientras el coche del teutón se aleja, Vincenzo Spadolini asegura los cierres de la Samsonite. Tras ello, se me acerca sosteniendo en la mano una de las cuarenta y cuatro cajitas de madera que acaba de recuperar, y con las que podrá restañar el maltrecho prestigio de su empresa.

199

—Tenga, Escartín. La número seis. Y, por favor, no la venda antes de un año, por muy mal que le vayan las cosas. Le garantizo que la Montesco Julio César está llamada a convertirse en una estilográfica de leyenda.

La última pregunta

—Solo una cosa más, Martínez. Una curiosidad personal. ¿Por qué me invitó usted a la fiesta? ¿Por qué me contrató como detective? ¿Por qué precisamente a mí?

Martínez me mira y parece que no pueda contener la risa.

—Quería contar con un comodín. Una baza más dentro de nuestra estrategia, por si Odermann pretendía poner el caso en manos de la policía o por si se resistía a llamar a los encargados de las llaves para abrir la urna. Pero, al mismo tiempo, debía tratarse de alguien absolutamente inofensivo para nuestros planes. Me acordé de usted por haberle vendido hace años la Cleopatra. Pregunté a quienes pudieran conocerle y todos coincidieron en que era usted el peor y más torpe detective privado de la ciudad. Alguien incapaz de ver un palmo por delante de sus narices. Así que me pareció el candidato perfecto.

—Comprendo...

—Pues yo no. Visto lo visto, empiezo a pensar que la gente es imbécil.

—O quizá tienen razón y soy una calamidad de detective aunque esta vez, justo esta vez, he tenido la suerte de pensar con claridad y dar, por mera chiripa, con la solución correcta.

Martínez me mira de lado, con sorna, supongo que tratando de adivinar si hablo en serio.

–Ande, suba al coche. Lo llevaré hasta su casa.

Niego lentamente.

–Gracias, pero no es preciso que se moleste. Prefiero volver andando.

–¿Desde aquí? Pero, hombre, Escartín, si por lo menos hay diez kilómetros hasta el centro de la ciudad.

–Precisamente por eso, Martínez. Precisamente por eso. Tengo mucho que meditar. Me vendrá bien.

Y así lo hice: medité mucho mientras caminaba lentamente, durante casi tres horas, en dirección al casco viejo de Zaragoza.

Recuerdo que, durante todo aquel trayecto, me sentí extrañamente eufórico.

Quizá fuera por el hecho de saber que, al menos ese mes y el siguiente, podría pagarle la pensión de divorcio a Lorena, mi ex esposa.

O por llevar en el bolsillo interior de la chaqueta la estilográfica Julio César, serie limitada, número seis de sesenta y seis únicos ejemplares.

O por haber tenido el privilegio de comprobar de cerca que todavía queda, en este mundo ingrato y miserable, gente capaz de jugarse el pellejo, el honor y el futuro por sus amigos.

Además, la mañana era azul y alegre.

Índice

Fernando Lalana

Nace en Zaragoza en 1958. Tras estudiar Derecho encamina sus pasos hacia la literatura, que pronto se convierte en su primera y única profesión, tras quedar finalista en 1981 del premio Barco de Vapor con *El secreto de la arboleda* (1982).

Desde entonces, Fernando Lalana ha publicado más de un centenar de libros con las principales editoriales españolas del sector infantil y juvenil.

Ha ganado en tres ocasiones el premio Gran Angular de novela: con *El zulo*, en 1984; con *Hubo una vez otra guerra* (en colaboración con Luis A. Puente), en 1988; y con *Scratch*, en 1991. En 1990 recibe la Mención de Honor del premio Lazarillo por *La bomba* (1990). En 1991, el premio Barco de Vapor por *Silvia y la máquina qué* (1992) en colaboración con José Mª Almárcegui. En 1993, el premio de la Feria del Libro de Almería, que concede la Junta de Andalucía, por *El ángel caído* (1998). En 2006 recibe el Premio Jaén por *Perpetuum Mobile*.

En 1991, el Ministerio de Cultura le concede el premio nacional de Literatura Infantil y Juvenil por *Morirás en Chafarinas* (1990), premio del que ya había sido finalista en 1985 con la obra ya mencionada *El zulo*, y lo volvería a ser en 1997 con *El paso del estrecho*.

Fernando Lalana está casado y tiene dos hijas: María e Isabel. Viven en Zaragoza. Sobre las piedras que habitaron los romanos de Cesaraugusta y los musulmanes de Medina Albaida. O sea, en el casco viejo.

Si quieres saber más cosas de él, puedes conectarte a: www.fernandolalana.com.

Bambú Exit